小企鹅世界少儿文学名著

蜗牛和玫瑰树

[丹]安徒生◎原著　刘小燕◎编译

天津出版传媒集团

天津人民出版社

图书在版编目（CIP）数据

蜗牛和玫瑰树 / (丹) 安徒生原著 ; 刘小燕编译
. -- 天津 : 天津人民出版社 , 2017.4（2019.5 重印）
（小企鹅世界少儿文学名著）
ISBN 978-7-201-11629-7

Ⅰ . ①蜗… Ⅱ . ①安… ②刘… Ⅲ . ①童话—丹麦—
近代 Ⅳ . ① I534.88

中国版本图书馆 CIP 数据核字 (2017) 第 075055 号

蜗牛和玫瑰树
WONIU HE MEIGUISHU

出　　版　天津人民出版社
出 版 人　刘　庆
地　　址　天津市和平区西康路 35 号康岳大厦
邮政编码　300051
邮购电话　（022）23332469
网　　址　http://www.tjrmcbs.com
电子信箱　tjrmcbs@126.com

责任编辑　李　荣
装帧设计　映象视觉

制版印刷　三河市同力彩印有限公司
经　　销　新华书店
开　　本　710×1000 毫米　1/16
印　　张　10
字　　数　80 千字
版次印次　2017 年 4 月第 1 版　2019 年 5 月第 3 次印刷
定　　价　29. 80 元

　　文学作品浩如烟海，而经典名著是经过岁月的冲刷之后留下的精华，每一部都蕴藏着深厚的文化精髓，其思想价值和文学价值是无法估量的。经典名著是人类宝贵的精神财富，贯穿古今，地连五洲。少年儿童阅读经典名著，可以培养文学修养、开阔视野、增长见识、树立正确的人生价值观。从儿童时期养成良好的阅读习惯，可以受益终身。

　　经典名著是人类智慧的结晶，经常读书的人，会散发出一种与众不同的气质，这种气质会在人们的生活中潜移默化地显露出来。儿童时期是塑造良好气质的重要阶段，阅读优秀的经典著名文学作品可以让人心旷神怡，陶醉在文学大师的才华之中，对塑造良好的气质有很大帮助。

　　随着教育的不断改革，教育部也对教学大纲进行了适当调整，调整后的教学大纲更加适应时代发展。全新的教学大纲更加注重

塑造少年儿童的文学修养，提升少年儿童的语文水平。因此，我们特别推荐了很多经典名著作为孩子们的课外读物。

为了能够让少年儿童更好地阅读与理解经典名著中的内容，我们精心挑选了少年儿童必读的几十部经典的国外文学名著汇集成此套丛书。该系列丛书共计60本，其中包含了内容丰富的传世佳作、生动有趣的童话故事以及饱含深情的经典小说，相信少年儿童在这个五彩斑斓、琳琅满目的文学海洋中，一定能够获取更多的精神财富。

我们在编写此套丛书时，将文学巨匠的鸿篇巨制，力求在不失真的情况下，撰写成可读性更强的短篇故事，更适合少年儿童阅读。与此同时，我们还遵循了文学鉴赏性的原则，对每一部经典名著都进行了深入的剖析，深入浅出地引导少年儿童了解这些经典文学名著的精髓，让少年儿童可以更加深入地理解名著想要表达的内容和现实意义。希望我们的系列丛书可以成为少年儿童的生活伴侣，成为将来攀登事业高峰的阶梯！

目录

CONTENTS >>

蜗牛和玫瑰树
WONIU HE MEIGUISHU

钟 渊

名师导读

从前有一个地方，名字叫做"钟渊"，那么，它为什么会得到这么一个名字呢？

"叮当！叮当！"一阵清脆的声音传来，它来自哪里呢？奥登斯钟渊。这是一条什么样的河流呢？奥登斯城的每一个孩子都知道，它流过花园，流经木桥下面，从水闸流向水磨。河里生长着很多植物，比如黄色的水浮莲，带有棕色绒毛的芦苇，还有深褐色的高大的香蒲。岸边生长着的老柳树歪歪扭扭的，枝叶已经垂到了水面。正对面有很多花园，一座紧挨着一座，这些花园看起来各不相同。有的开满了鲜花，芳香四溢，在花园的中间还有一座小凉亭，衬托得整个花园都很漂亮。有的看起来很普通，里面只是种了一些青菜，还有的根本就看不到园子。一大片接骨木丛的枝叶落到流水上，在水最深的河段，用桨都无法探到底部。老修女庵外面的水是最深的，人们把这里称为钟渊，河爷爷的家就在这里。白天的时候，他就在家里睡觉，等到月亮出来了，他也就出来了。他的年纪已经很大了，外祖母说，自己的外祖母就曾经讲过他的故事。他一个人孤单地生活着，只有一口古老的大钟陪着他。那口大钟曾经挂在圣阿尔巴尼教堂

河爷爷不但年纪大，而且非常孤单。

shang xiàn zài jiào táng hé zhōng dōu yǐ jīng bú jiàn le
上，现在教堂和钟都已经不见了。

dīng dāng dīng dāng zhōng tǎ hái zài de shí hou jiù huì xiàng zhè yàng xiǎng
"叮当！叮当！"钟塔还在的时候，就会像这样响

qǐ lai yǒu yì tiān de rì luò zhī hòu zhōng tū rán jù liè de yáo huang qǐ
起来。有一天的日落之后，钟突然剧烈地摇晃起

lai rán hòu zhèng duàn suǒ zi fēi guò le tiān kōng zhōng yì biān chàng zhe dīng
来，然后挣断索子，飞过了天空。钟一边唱着："叮

dāng dīng dāng wǒ xiàn zài yào shuì jiào le yì biān fēi jìn le ào dēng sī hé
当！叮当！我现在要睡觉了！"一边飞进了奥登斯河，

luò dào le shuǐ wèi zuì shēn de dì fang yú shì nà ge dì fang jiù dé dào le zhōng
落到了水位最深的地方，于是那个地方就得到了"钟

yuān zhè ge míng zi bú guò tā dào dá nà li zhī hòu bìng méi yǒu rù shuì ér
渊"这个名字。不过它到达那里之后，并没有入睡，而

是一直在鸣响。上面的人听到从水下传来的钟声，就会说："有人要死了。"其实不是这样的，它之所以要鸣响，是为了给河爷爷讲故事。有了它的陪伴，河爷爷就不会觉得寂寞了。钟会讲些什么呢？虽然它的年纪已经很大了，可是跟河爷爷比起来，它还是个孩子。河爷爷穿着鱼皮做的上衣，鱼皮做的裤子，头发里还有芦苇。

钟一直在滔滔不绝（滔滔：形容流水不断。象流水那样毫不间断。指话很多，说起来没个完）地说话，它要讲些什么，完全看心情。

"圣阿尔巴尼教堂那口钟悬在钟塔里，然后，有一个年轻英俊的修士爬了上去。他透过钟楼的窗子，看向奥登斯河。那时候的河面很宽，沼泽也不是现在的样子，而是一个大湖。他看着那边的'修女坝子'，那里有一个修女庵，从修女住的那间屋子的窗口透出

一些亮光。他以前就很熟悉她，现在，他的心砰砰直

跳，——叮当！叮当！"

这就是钟讲的东西。

"主教的傻仆人来到了钟塔上，在我摇晃的时候，我原本可以把他的前额砸碎。他坐在我身边，手里把玩着像一把带弦的琴一样的东西，还唱着：'现在我可以大声唱那些平时不敢唱的事，唱出栅栏后面隐藏的故事，那里潮湿又寒冷，老鼠都能吃掉人。这件事只有我知道，从来没有人听说过，现在也不会听见，因为铁钟在高声鸣唱，叮当！叮当！'

"从前有一位叫克鲁兹的国王，他对主教和修士十分恭敬，却向汶苏塞尔一带的百姓们收取很重的税，还粗鲁地辱骂他们。于是，人们拿起武器开始反抗。国王被赶了出去，逃到了教堂里，关上了门窗。愤怒的人们都聚集在外面，等着找国王算账。国王的一个不

zhōng xīn de pú rén gào su rén men　　zài nǎ lǐ kě yǐ jī zhòng guó wáng　　yú shì
忠心的仆人告诉人们，在哪里可以击中国王。于是，

yǒu rén jiù cóng chuāng zi wài miàn rēng jìn yí kuài shí tou　　bǎ guó wáng dǎ sǐ le
有人就从窗子外面扔进一块石头，把国王打死了。

tā men kāi shǐ gāo shēng jiào hǎn　　wǒ yě gēn zhe chàng dīng dāng　　dīng dāng
他们开始高声叫喊，我也跟着唱，叮当！叮当！

　　wǒ tīng dào le hěn duō xìn xī　　què wú fǎ chuán bō chū qu　　wǒ hěn lèi　biàn
"我听到了很多信息，却无法传播出去。我很累，变

de hěn chén zhòng　lián mù liáng dōu bèi wǒ yā duàn le　　yú shì　wǒ fēi le chū lai
得很沉重，连木梁都被我压断了。于是，我飞了出来，

diào jìn le hé li zuì shēn de dì fang　　hé yé ye gū dú de zhù zài zhè li　　wǒ zài
掉进了河里最深的地方，河爷爷孤独地住在这里。我在

zhè li　　rì fù yí rì
这里，日复一日(复：再，又。过了一天又一天。比喻

日子久，时间长。也形容光阴白白地过去）地说着：

'叮当！叮当！……'"

外祖母说，从奥登斯河钟渊那里传来的就是这样的声音。

可是我们的校长却说："什么钟都无法在河底鸣响。那里也没有什么河爷爷，根本就没有河爷爷。"所有的钟都在鸣响，他就说，是空气在鸣响。空气是可以传播声音的，外祖母和钟都这么说过。

风知道所有的事情，它环绕着我们，进入我们的体内。它讲述着我们的思想和行动，讲到无休无止，和着天国的钟叮当！叮当！

名师点拨

人们常说，若要人不知除非己莫为。在我们做事情的时候，一定要考虑清楚后果，不要做违背良心的事情，因为"风知道所有的事情"，没有不透风的墙。

恶毒的王子——一个传说

名师导读

从前，有一个心肠十分狠毒的王子，他到底有多么狠毒呢？他会有怎样的下场呢？

从前，有一个心肠十分狠毒的王子，他非常热衷于征服别的国家，凡是听到他的名字的人都会十分害怕。他带着火和剑到处征战，随意践踏着田里的庄稼，烧毁了农民的房屋和果树。很多可怜的母亲抱着还在吃奶的孩子藏在矮墙后面，一旦被他们发现了，下场就会十分悲惨。就算是最狠毒的魔鬼也不会做这样的事情，可是王子却认为这是理所当然的。慢慢地，他的权势越来越

dà, shǒu duàn yě yuè lái yuè cán rěn, suǒ yǒu de rén yì tīng dào tā de míng

大，手段也越来越残忍，所有的人一听到他的名

zi jiù huì sè sè fā dǒu yì bān

字就会瑟瑟发抖(一般指因寒冷而不停地哆嗦，打

颤；有时也指因害怕而哆嗦，发抖)。

tā cóng suǒ qīn lüè de

他从所侵略的

guó jiā zhōng huò dé le hěn duō jīn yín zhū bǎo fàng dào le zì jǐ de wáng gōng

国家中获得了很多金银珠宝，放到了自己的王宫

li tā xiū jiàn qǐ jīn bì huī huáng de gōng diàn jiào táng hé zǒu láng suǒ

里。他修建起金碧辉煌的宫殿、教堂和走廊，所

yǒu kàn dào zhè yí qiè de rén dōu huì shuō wáng zǐ zhēn liǎo bu qǐ kě shì

有看到这一切的人都会说，王子真了不起！可是，

他们从来没有想过自己给别的国家和人民带来的灾难。

王子看着自己抢劫来的金银珠宝和修建起来的宫殿，也会和别人一样想："真了不起！可是，我还想拥有更多，我要拥有最大的权势，谁都别想超过我。"于是，他侵占了周边所有的国家。他用金链子把他征服的国王锁在车上，游街示众。在他举办酒会的时候，那些被俘的国王跪在他和朝臣的脚下，捡别人扔给他们的面包屑糊口。

后来，王子让人在所有的广场上、宫廷里都摆上了自己的塑像。他甚至还想把塑像摆到各个教堂里

王子的狂妄为他后来的悲剧埋下伏笔。

去，放在上帝的神坛之前。可是神父拒绝了，他说：

"王子，虽然您很了不起，可是上帝比您更伟大，我们不可以这样做。"

"好吧！"狠毒的王子说，"既然这样，我就连上帝也要一起征服。"

于是，狂妄的王子建造了一艘奇妙的船，他打算乘着它飞过天空。船上装饰着很多孔雀的尾羽，就好像有千万只眼睛，但事实上，每只眼睛都是一个弹孔。王子坐在船的中间部位，他按一下尾羽，船就会发射出千万发子弹，而现在，子弹马上就会装配完毕。船的前面拴着几千只鹰，他就这样朝着太阳飞过去，很快就远离了地球。鹰越飞越高，离上帝越来越近了。于是，上帝派出了一个天使。狠毒的王子马上朝着天使发射出了千万发子弹，没想到的是子弹都被天使的翅

bǎng tán huí lai le　　 bú guò　 tiān shǐ bái sè de yǔ
膀弹回来了。不过，天使白色的羽

máo shàng liú xià le yì dī xuè　 luò dào le wáng zǐ de
毛上流下了一滴血，落到了王子的

chuán shang chuán hěn kuài jiù rán shāo qǐ lái le　 chuán bèi
船上，船很快就燃烧起来了。船被

jī de fěn suì　 luò dào le dì shang　　zuì hòu　 wáng zǐ
击得粉碎，落到了地上。最后，王子

luò dào le yì gēn cū zhuàng de shù zhī shang
落到了一根粗壮的树枝上。

wáng zǐ què bìng bù sǐ xīn　 tā shuō　　wǒ fā shì
王子却并不死心，他说："我发誓，

wǒ yí dìng yào zhànshèngshàng dì
我一定要战胜上帝！"

yú shì　　 zài jiē xià lai de qī nián zhōng　tā jiàn zào
于是，在接下来的七年中，他建造

le yì sōu jīng qiǎo de chuán wáng zǐ dǎ suan zài cì chéng zhe
了一艘精巧的船，王子打算再次乘着

tā fēi dào tiān shang　　 tā pài rén yòng zuì jiān yìng de gāng zhù
它飞到天上。他派人用最坚硬的钢铸

chū shǎn diàn　 xiǎng yào yòng lái zhà huǐ tiān shang de bǎo lěi
出闪电，想要用来炸毁天上的堡垒。

tā cóng gè gè guó jiā tiāo xuǎn le　zuì qiángzhuàng dí shì bīng
他从各个国家挑选了最强壮的士兵，

dài dào le chuán shang　 wáng zǐ yě zǒu dào zì jǐ de wèi
带到了船上。王子也走到自己的位

zhi　 zhǔn bèi kāi zhàn　　 zhè shí hou shàng dì pài le hěn duō
置，准备开战。这时候，上帝派了很多

xiǎo wén zi xià lai　　 wén zi zài wáng zǐ de tóu dǐng bù tíng
小蚊子下来。蚊子在王子的头顶不停

王子不但狠毒，还很固执，这导致了他的悲剧。

de luàn fēi   zhè ràng wáng zǐ fēi cháng yàn fán   yú shì   tā tāo chū lì jiàn   sì
地乱飞，这让王子非常厌烦。于是，他掏出利剑，四

chù huī wǔ   kě shì yí gè wén zi dōu dǎ bu zháo   wáng zǐ zhǐ hǎo ràng rén qǔ lái
处挥舞，可是一个蚊子都打不着。王子只好让人取来

zhēn guì de tǎn zi   bǎ zì jǐ bāo guǒ qǐ lai   hǎo bǎ wén zi zǔ gé zài wài miàn
珍贵的毯子，把自己包裹起来，好把蚊子阻隔在外面。

kě shì yǒu yì zhī wén zi bù zhī dao zěn me jiù fēi jìn le tǎn zi li   pá jìn le
可是有一只蚊子不知道怎么就飞进了毯子里，爬进了

wáng zǐ de ěr duo　　bù tíng de dīng yǎo　　wén dú jìn rù
王子的耳朵，不停地叮咬，蚊毒进入

le tā de nǎo zi　　zuì hòu　　tā cóng tǎn zi li pá chū
了他的脑子。最后，他从毯子里爬出

lai　　chě làn le zì jǐ de yī fu　　chì shēn luǒ tǐ de zài
来，扯烂了自己的衣服，赤身裸体地在

shì bīng miàn qián tiào wǔ　　yú shì　　shì bīng men dōu kāi shǐ
士兵面前跳舞。于是，士兵们都开始

cháo xiào zhè ge zì dà de wáng zǐ　　gǎn yú xiàng shàng
嘲笑这个自大的王子，敢于向上

dì tiǎo zhàn de tā què bài zài le yì zhī wén zi shǒu li
帝挑战的他却败在了一只蚊子手里。

王子的悲剧说明，做人不能太狂妄。

名师点拨

　　王子有着高贵的地位，可是他非常狠毒，不但给别的国家的人民带来灾难，还企图征服上帝，最后变得疯疯癫癫的。可见，做人不能太狂妄。

踩着面包走的女孩

名师导读

我们每个人都知道要珍惜粮食，可是有一个女孩，为了不弄脏鞋子，居然踩着面包走路，她身上会发生怎样的故事呢？

yǒu yí gè nǚ hái　míng jiào yīng gé ér　tā pà nòng
有一个女孩，名叫英格儿，她怕弄

zāng xié　jiù cǎi zài miàn bāo shang zǒu lù　hòu lái zěn me
脏鞋，就踩在面包上走路，后来怎么

yàng le ne　tā chī le yí gè dà kǔ tou
样了呢？她吃了一个大苦头。

yīng gé ér de jiā li hěn qióng　kě shì tā fēi cháng jiāo
英格儿的家里很穷，可是她非常骄

ào　kàn bu qǐ rèn hé rén　zài tā hěn xiǎo de shí hou
傲，看不起任何人。在她很小的时候，

jiù xǐ huan zuò yí jiàn shì　zhuō zhù cāng ying　chě diào tā
就喜欢做一件事：捉住苍蝇，扯掉它

de chì bǎng　ràng tā zài dì shang pá　tā hái xǐ huan
的翅膀，让它在地上爬。她还喜欢

英格儿小的时候就表现出非常残忍的一面。

捉金龟子和甲虫，用针串起来，再在它们的脚边放

一片绿叶或者一张纸。于是，这些可怜的小东西就

紧紧地抓住纸，想要摆脱这根针。

"金龟子在读书啦！"小英格儿说，"它在翻这

张纸呢。"

长大之后，她变得更加顽皮了，不幸的是，她还长

得非常美丽。如果不是因为她的美丽，也许她会被管

教得好一点。

"你需要有一件厉害的东西来打破你的顽固！"她

的妈妈说，"你小时候经常在我的围裙上踩来踩去，以

后只怕你要踩到我的心上。"

她果然这么做了。

现在，她来到了乡下的一户有钱人家做了女仆。主

人像对待亲生女儿一样对待她，把她打扮得漂漂亮亮

的，结果呢？她越来越放肆了。

tā gōng zuò le jiāng jìn yì nián de shí hou　nǚ zhǔ ren shuō　yīng gé ér　nǐ
她工作了将近一年的时候,女主人说:"英格儿,你

dōu chū lai zhè me jiǔ le　gāi huí jiā qù kàn kan fù mǔ le
都出来这么久了,该回家去看看父母了。"

yīng gé ér zhēn de huí jiā qù le　bú guò tā kě bú shì yīn wèi xiǎng niàn fù
英格儿真的回家去了,不过她可不是因为想念父

mǔ　zhǐ shì xiǎng ràng tā men kàn kan zì jǐ xiàn zài yǒu duō me de wén yǎ　tā
母,只是想让他们看看自己现在有多么的文雅。她

zǒu dào cūn kǒu　kàn dào mā ma zhèng hé yì qún nóng fū　cūn fù xián tán
走到村口,看到妈妈正和一群农夫、村妇闲谈。

mā ma zuò zài yí kuài shí tou shang　shēn biān fàng zhe gāng jiǎn huí lai de chái huo
妈妈坐在一块石头上,身边放着刚捡回来的柴火。

蜗牛和玫瑰树
WONIU HE MEIGUISHU

细节描写，说明英格儿已经开始看不起自己的妈妈了。

英格儿看到了，扭头就走了，她觉得这实在是太丢脸了：自己穿得这么漂亮，居然有一个衣衫褴褛的母亲，还要去森林里捡柴火。对此，她并不难过，只是有些烦恼。

又过了半年，女主人对她说："英格儿，你该回去看看你的父母了。我给你一个长条面包，你给他们带回去，他们见到你一定会很高兴的。"

英格儿就穿上了自己最美丽的衣服和鞋子，提着衣襟小心地往前走，以免脚上沾上脏东西。很快，她来到了一块沼泽地，为了避免把鞋子弄脏，她就把那条面包扔进了沼泽里，踩在上面往前走。可是，当她刚把一

英格儿为了不弄脏鞋子，把面包扔进了沼泽，她的这种行为为她带来了灾难。

只脚踏上去，另一只脚准备往前走的时候，就随着面包一起沉下去了。最后，这里只剩下一个冒着泡的黑水坑。

英格儿去了哪里呢？她去了熬酒的沼泽女人那里。这个沼泽女人是谁？她是很多小女妖精的姨妈。这些小女妖精都很有名，有很多关于她们的歌和图画。不过，对于这个沼泽女人，人们唯一知道的一点就是：夏天草地里冒出蒸汽的时候，就是她在熬酒。英格儿正好落进了她的酒窖里。这里简直让人无法忍受，每一个酒桶都散发着怪味，随时都能让人晕过去。所有的酒桶都紧紧地挨在一起，就算有一点空隙，也爬满了癞蛤蟆和火蛇，让人根本无法通过去。现在，英格儿就落到了这里，她被吓得浑身发抖。

此时，沼泽女人正在家里。这一天，魔鬼带着老祖母来参观酒厂。老祖母非常恶毒，总是忙着害人。就

算她出门拜访别人，手头也不会闲着。

现在，她正忙着给男人的鞋子上

缝上"游荡的皮"，让他们到任何地

方都无法安居。她还编造一些谎话，

也会收集人们说的谎话，为的就是

损害人类。

举例说明，体现魔鬼的老祖母的恶毒。

她刚看到英格儿，就戴上眼镜，把

她上上下下地打量了一番："这个女

孩子很能干，你把她送给我吧，我要把

她变成石像，立在我孙子的前房里。"

于是，英格儿被送给了老祖母。

那个前房似乎没有尽头，不管

你往前望还是往后望，都感会头昏

脑胀。一大群衣衫褴褛（褴褛：破烂。

衣服破破烂烂），面黄肌瘦的人正

在充满希望地等待着慈善的门被打开，不过他
们已经等得太久太久了。有很多肥大的蜘蛛正在
他们的脚边奔走，织出蛛网。这些蛛网就像脚镣
一样，让他们痛苦不堪。每个人都觉得非常不安。
在这些人中有一个守财奴，他来的时候，忘记把保

险箱的钥匙带来了，现在钥匙就在保险箱上，他为此而不安。如果你想要把人们在这里体验到的痛苦详细地记录下来，那是需要花很多时间的。现在，英格儿变成了一尊石像立在这里，自然也会体会到这种痛苦，因为她被牢牢地焊在了面包上。

"要是一个人害怕弄脏脚，只会落得这样的下场。"她说，"你看，大家都在盯着我看。"没错，大家现在都在盯着她看，眼中射出罪恶的目光。他们在说话，可是发不出声音，这样的场景太可怕了。

"他们看着我，一定很高兴。"英格儿想，"没错，我长得漂亮，穿着好看的衣服。"于是，她想把眼睛转过去，可是她的脖子僵硬，根本无法转动。现在，她的衣服弄得脏兮兮的，头发里盘着一条蛇，衣服的每一个褶皱里都有一只癞蛤蟆，实在是太难看了。"这里的一切东西都很可怕。"她自言自语。

最可怕的是，她现在很饿。她的脚下正踩着一块面包，那她能不能弯下腰掰一块面包吃呢？不能，因为她的后背很僵硬，现在她的整个身体就是一尊石像。她尽了最大的努力，也只能把眼睛瞟向一侧，好让自己看到后面，不过这个姿势看起来实在是太难看了。有苍蝇飞过来，刚好落到她的眉毛上。她用力眨眼睛，想把苍蝇赶走，可是苍蝇并不飞开，而是在她的眉毛上爬来爬去，因为它的翅膀被拉掉了。对她来说，这只是一种痛苦，还有一种更可怕的痛苦——饥饿。最后，她甚至感觉内脏已经吃掉了自己。

与前文英格儿对苍蝇的残忍相呼应。

yào shi zài zhè yàng xià qu   wǒ kě jiān chí bú zhù le   tā shuō
"要是再这样下去，我可坚持不住了。"她说。

kě shì tā bù de bù jiān chí   cóng xiàn zài dào yǐ hòu   shì qing huì yì zhí dōu
可是她不得不坚持，从现在到以后，事情会一直都

shì zhè ge yàng zi de
是这个样子的。

zhè shí hou   yì dī rè lèi luò dào le tā de tóu shang liú guò le tā de liǎn
这时候，一滴热泪落到了她的头上，流过了她的脸

hé xiōng pú   yì zhí luò dào le tā cǎi zháo de miàn bāo shàngmiàn   lìng wài yì dī yǎn
和胸脯，一直落到了她踩着的面包上面。另外一滴眼

lèi yě luò xià lai le   zhī hòu   yòu luò xià le hěn duō dī yǎn lèi   zhè shì shéi zài
泪也落下来了，之后，又落下了很多滴眼泪。这是谁在

为英格儿哭？是她那在人间的母亲。可是，眼泪并没有减轻英格儿的痛苦，它只会让悲伤扩大。

现在，英格儿觉得自己就是一根芦苇，可以吸收到所有的声音，她能够听到世界上的人们对她的谈论，很多人都对她怀有恶意。虽然她的母亲正在为她悲伤地哭泣，可她还是说："英格儿，你是因为骄傲才掉下去的，你让你的母亲多么难过。"

地面上的所有人都知道她踩着面包沉下去了，因为山坡上的一个牧童目睹了这一切。

"英格儿，你让你的母亲多么难过。"母亲说，"我早就预料到了这一切。"

英格儿想："我倒是宁愿我从来没有降生。可是，妈妈现在哭有什么用呢？"

她听到曾经把她视为亲生女儿的主人说："她是个有罪过的孩子，不珍爱上帝的礼物，还把它踩在脚下，

tā shì hěn nán bèi kuān shù de
她是很难被宽恕的。"

tā men yào shi zǎo yì diǎn chéng fá wǒ gāi yǒu duō
"他们要是早一点惩罚我该有多

hǎo yīng gé ér xiǎng nà yàng jiù kě yǐ bǎ wǒ nǎo zi
好！"英格儿想，"那样就可以把我脑子

li de huài sī xiǎng quán bù gǎn zǒu
里的坏思想全部赶走。"

tā tīng dào rén men wèi tā biān le yì shǒu gē bìng
她听到，人们为她编了一首歌，并

zài quán guó chuán chàng yí gè pà nòng zāng xié zi de ào
在全国传唱："一个怕弄脏鞋子的傲

màn gū niang
慢姑娘。"

jiù yīn wèi zhè yí jiàn shì wǒ jiù yào tīng zhe
"就因为这一件事，我就要听着

tā men de rǔ mà rěn shòu zhè me duō tòng kǔ yīng
他们的辱骂，忍受这么多痛苦。"英

gé ér xiǎng bié ren yě yǒu zuì guo yě yīng gāi shòu
格儿想，"别人也有罪过，也应该受

dào chéng fá yǒu hěn duō rén dōu yīng gāi shòu dào chéng fá
到惩罚，有很多人都应该受到惩罚。

tiān na wǒ jiǎn zhí shì tài tòng kǔ le tā de nèi
天哪，我简直是太痛苦了。"她的内

xīn màn màn biàn de jiāng yìng qǐ lai
心慢慢变得僵硬起来。

hé zhè xiē dōng xi dāi zài yì qǐ rén shì méi yǒu bàn
"和这些东西待在一起，人是没有办

fǎ biàn hǎo de wǒ yě bù xī wàng biàn hǎo kàn a tā
法变好的，我也不希望变好。看啊，他

心理描写，此时的英格儿并没有意识到自己的错误。

men dōu zài dèng zhe wǒ ne
们都在瞪着我呢！"

xiàn zài tā de xīn li duì yí qiè dōu chōng mǎn le yuàn hèn
现在，她的心里对一切都充满了怨恨。

xiàn zài tā men kě yǐ jìn qíng de jiǎng wǒ de huài huà wǒ shí zài shì tài tòng
"现在，他们可以尽情地讲我的坏话，我实在是太痛

kǔ le
苦了！"

tā tīng dào rén men bǎ tā de gù shi jiǎng gěi xiǎo hái zi tīng xiǎo hái zi men
她听到，人们把她的故事讲给小孩子听，小孩子们

gěi tā qǔ le yí gè míng zi bú xìn shén de yīng gé ér tā men dōu shuō
给她取了一个名字："不信神的英格儿"。他们都说：

说明小女孩是一个非常善良的孩子。

"她那么可恶，一定要受到惩罚。"

有一天，英格儿又跟往常一样，遭受着饥饿和悲哀的折磨，听着别人给一个天真的小女孩讲述她的故事。

她发现，小女孩居然为她流泪了。

"她再也无法回到地面上来了吗？"小女孩问。

"是的，她永远也回不来了。"

"如果她请求赎罪，并保证以后不会再那样了呢？"

"可是她是不会请求赎罪的。"

"如果她会的话，我会非常高兴，只要她能够回到地面上来，我愿意把我所有的玩具贡献出来。可怜的英格儿。"小女孩难过地说。

英格儿听到这些话，似乎舒服了一些，这还是第一次有人觉得她可怜，而没有强调她的罪过。

现在，居然有一个天真的小女孩为她流泪，这让她也想哭一场。可是，她哭不出来，这种感觉实在是太难受了。

地上的日子一天天过去了，可是下面的世界还是老样子。地上的人们也很少会谈起她了，直到有一天，她听到了一声叹息，那是她的妈妈临死之前发出的："英格儿，你让你的母亲多么难过。我早就预料到了这一切。"

有时候，她的老主人也会提到她，她说："英格儿，以后我是不是再也看不到你了？人们都不知道你去了哪里。"

不过英格儿知道，好心的女主人是没办法到她这里来的。

就这样在痛苦的折磨中，时间流逝着。

有一天，英格儿又听到别人提起了自己的名字，还看到头上似乎有两颗明亮的星星，这是地上的一双善良的眼睛。那个同情英格儿的天真的小女孩，现在已经变成了老太婆，即将去上帝那里了。在她弥留之际（弥留：本指久病不愈，后多指病重将死；际：时候。病危将死的时候），往事一件件浮现在眼前，她想起自己小的时候，曾经同情过英格儿的遭遇。于是，她大叫起来："上帝啊，我不知道我是不是也像英格儿一样，有意或者无意地踩着您送给我的礼物。我也不知道，我的心里是不是也非常傲慢。但是，您并没有让我也坠下去，反而把我托了起来。在我生命的最后一刻，请您不要离开我。"

老太婆的眼睛闭上了，可是她灵魂的眼睛却是睁着的。在她弥留之际，她看到了英格儿，忍不住流泪

了。她像一个可怜的小孩子一样站在天国，为英格儿流下了热泪。英格儿听到了她的眼泪和祈祷，并且被她感动了。现在，英格儿回忆起了自己曾经做过的每一件事，忍不住痛哭流涕。她为自己感到悲哀，觉得自己永远不会得到宽恕。当她满怀悔恨地意识

只要能够认识到自己的错误，就能见到光明。

到这一点的时候，就有一线光明射向了地下的深渊。它的力量，超过了融化雪人的阳光。于是，英格儿变成了一阵烟雾，变成了一只小鸟，像闪电一样飞到了人间。可是，它对周围的一切都感到十分羞愧，它害怕遇到任何生物，就藏到了一个黑洞里，在里面缩成一小团，不能发出任何声音，因为它没有声音。在黑洞里藏了很久之后，它才能辨别出周围美丽的景物。四周看起来非常美丽：空气非常新鲜，月光皎洁，树木散发出清香。它栖身的地方非常舒适，它的羽毛那么洁净。天地万物都是那么美。现在，这只鸟儿只想把自己的思想全部唱

出来，只可惜它没有这种力量。它多么希望，自己能像杜鹃和夜莺一样歌唱。这些无声的歌一直在鸟儿心中波动着，已经有好几个星期了，现在，只需要一个好的行为，这些歌就能唱出来了。

终于，圣诞节来了。一个农夫在古井旁边立起了一根竿子，并在上面绑了一些麦穗，好让天上的鸟儿能吃到，过上一个快乐的圣诞节。

圣诞节早上，阳光照耀在麦穗上面，鸟儿们都围着竿子飞。这时候，黑洞里也发出了声音，那些无声的歌终于被唱了出来。不一会儿，鸟儿从黑洞里飞了出来，天国的人都知道它是什么鸟儿。

这个冬天非常寒冷，河面上都结了厚厚的冰。田野里的动物和空中飞的鸟儿都找不到食物，十分苦恼。于是，这只小鸟飞到了路上，在车辙里找到一些麦粒，还在停留站找到了一些面包屑。不过，它并没有独自

这个小小的举动，说明英格儿已经认识到了自己的错误。

chī diào zhè xiē shí wù　　ér shì qǐng qí tā de niǎo er lái
吃掉这些食物，而是请其他的鸟儿来

gòngxiǎng
共享。

zài zhè ge dōng tiān　　zhè zhī niǎo er shōu jí le
在这个冬天，这只鸟儿收集了

hěn duō shí wù　　yǐ jīng bǐ de shàng yīng gé ér cǎi de
很多食物，已经比得上英格儿踩的

nà tiáo miàn bāo le　　tā zhǎo dào zuì hòu yí kuài miàn bāo
那条面包了。它找到最后一块面包

xiè bìng bǎ tā fēn xiǎng gěi bié ren tā nà huī sè de chì bǎng jiù biàn chéng
屑，并把它分享给别人，它那灰色的翅膀就变成

le bái sè de
了白色的。

kàn ne nà zhī hǎi yàn zhèng zài fēi guò dà hǎi hái zi men dōu shuō shéi
"看呢，那只海燕正在飞过大海。"孩子们都说，谁

yě bù zhī dao tā qù le nǎ lǐ yǒu rén shuō tā fēi xiàng le tài yáng
也不知道它去了哪里。有人说，它飞向了太阳。

名师点拨

　　因为不尊重别人和浪费粮食，英格儿受到了惩
罚，幸亏她认识到了自己的错误，积极改过，才获
得了原谅。我们是不是也该审视一下自己的错误呢？

蜗牛和玫瑰树

名师导读

　　花园里有一棵玫瑰树，开出了很多美丽的花儿。玫瑰树下住着一只蜗牛，它无法理解玫瑰树的举动……

　　花园里有不少的树木，树木旁边是一个小的围场，里面养着牛羊。花园里最吸引人的还是那棵枝繁叶茂的玫瑰。玫瑰每年都会开出绚丽的花朵，好像它的花儿永远都不会开完一样，只要天气适合，它就会开花。玫瑰树下住着一只蜗牛，这只蜗牛对玫瑰树无私奉献开花的行为非常不理解，它觉得这种行为是愚蠢的，只有管好自己才是聪明的做法。

　　　　　nǐ　yǐ　jīng kuài yào jié shù nǐ　de shēng mìng le
"你已经快要结束你的生命了，

nǐ hěn kuài jiù huì biàn chéng guāng tū tū de zhī yā le
你很快就会变成光秃秃的枝桠了，

nǐ wèi le zhè ge shì jiè fù chū le nǐ suǒ yǒu měi hǎo
你为了这个世界付出了你所有美好

de yí qiè dàn shì zhè yǒu yì yì ma　　wō niú yǒu
的一切，但是，这有意义吗？"蜗牛有

yì tiān tū rán chū shēng wèn méi gui shù　　yào shi nǐ bú
一天突然出声问玫瑰树，"要是你不

zhè yàng nǐ yí dìng huì yǒu qí tā gèng hǎo de jié jú de
这样，你一定会有其他更好的结局的，

语言描写，说明蜗牛非常现实。

你懂吗？"

"您吓我一跳呢，"玫瑰树被蜗牛吓坏了，它完全不知道自己的树下还有这么个小生物。它想了想说："我从来没有这样想过！我现在这个样子很好，何必去想那些呢？"

"看来你从来没有自己的思考，"蜗牛继续说，"那你有没有想过，你开花到底是为了什么？开花到底是因为什么？为什么不去做其他对你有利的事情呢？"

"不，这对我而言是没有意义的，"玫瑰树回答，"我开花的时候是幸福的，每天沐浴着温暖的阳光，空气也是如此清新，我可以吮吸纯净的雨露。我的生活多么幸福啊，每一天都是崭新的，所以，我要努力开花，不能辜负这美好的一切！"

"哦，看起来很好。"蜗牛回答，"你陶醉在你自己的梦里了！"

"你为什么会这样说呢？那么你呢，你每天做些什么呢？你是这样一位善于思考又会总结的人，"玫瑰树问，"你也会开花或者为这个世界奉献一些别的什么吗？"

"不，我才不会这样呢。"蜗牛说，"世界和我一点关系也没有，我只需要照顾好我自己就行了！谁去管世界怎么样，和我有关系吗？"

"但是，我们应该将自己最美好的东西奉献给这个美丽的世界呢！"玫瑰树有些惊讶，"我能做的就是将我的花儿努力绽放，让世界充满花香和美丽！那么，你呢，你是那么聪明又会思考。"

玫瑰树喜欢奉献，而"聪明"的蜗牛却不知道奉献，形成鲜明的对比。

"我？我需要给它什么？我喜欢朝它吐唾沫，它是如此的不中用，和我一点关系也没有！谁给这个世界奉献？你们奉献了那么多，又得到了什么？"蜗牛嚷嚷着，"你去结你的玫瑰花吧！牛去奉献自己的奶吧！羊去奉献自己的皮毛吧！大家都去奉献自己最珍贵美好的一切吧！看看最后又得到了什么！而我，喜欢待在

我自己的壳里，这个世界和我一点关系也没有！我还是宁愿待在我自己的家里，做我自己喜欢的事情！"

蜗牛说着，就回到自己的小壳屋子，还将门关上了。

"真是遗憾啊，"玫瑰树自言自语着，"即使是我先要缩进土里，也做不到呢，我必须得开花，这样才不会辜负如此美丽的阳光、如此美好的生命！虽然，这些花儿经常会被风吹散，落入泥土，再被大家踩得稀巴烂。不过，我也看到有人将我的花儿拿去做书签，还有年轻活泼的小姑娘将我的花儿别在胸口，还有一个小孩子小心翼翼(翼翼：严肃谨慎。本是严肃恭敬的意思。现形容谨慎小心，一点不敢疏忽)地亲吻了我的花朵！啊！这一切是多么幸福而美好啊！"

玫瑰树还是年复一年地开着花儿，为这个世界无私地奉献着自己的花朵和芬芳，蜗牛还是不理世事缩在壳

里，有时候出来就朝世界吐唾沫，好像这个世界欠了它很多东西一样。

很多年过去了。

那棵玫瑰树和那只蜗牛都化为了泥土。不过，花园里新的玫瑰树又开花了，新的蜗牛还是缩在自己壳里，朝世界吐着唾沫。

即使是故事重写千万次，它们的结局还是一样，蜗牛对着世界吐唾沫，玫瑰树天真无邪地开着花儿。

名师点拨

　　每个人都有自己的生活方式，比如玫瑰树，它喜欢为世界贡献自己的花朵和芬芳，并因此变得快乐。而蜗牛却总是缩在壳里不理世事，还觉得这个世界亏欠自己很多。

鬼火进城了

名师导读

从前有一个人，他有很多童话，他和这些童话会发生什么样的故事呢？

从前有一个人，他有很多很多的童话，这些童话里面还有很多是新的成员。不过，他后来跟人们说，那些童话都悄悄地离开了他，再也没有回来。还有一个经常来拜访他的童话也一样，再也没有敲响过他的家门。为什么它不来了呢？<u>其实这个人也很久没有想念那个童话，也很久没有期</u>

战争会给人们带来巨大的灾难，让人们陷入悲伤和痛苦。

盼童话们跑来敲响他的家门了。因为外面有很多战争，他的家里又有战争带来的悲伤和痛苦。

燕子是在和平的时期离开的，它现在回来了，它当然也不知道这里发生了什么。当它回到这里的时候，巢早就没有了，以前熟悉的人类的房屋也被战火烧成

了废墟，很多房屋都只剩下黑漆漆、光秃秃的墙壁了。敌人骑着战马在这片废墟跑过，马蹄践踏着坟墓。这个时代多么黑暗而又艰难啊，但是，这个时代绝对不会永久的，它早晚会结束。

其实，它已经结束了一段时间了。不过，童话还是没有来敲门，也没有带来任何好的消息。

"它可能死掉了，和别的美好的东西，一起死掉了。"那个人说，他很伤心。不过，童话是永恒的，只要还有人类存在。已经过去了一整年了，这个人还是没有忘掉童话。

"或许就在今天，童话就会敲响我的门呢？"他自言自语地说着。

说明这个人对童话念念不忘，才会出去找童话。

他现在都还清清楚楚地记着，童话每次来拜访他的时候模样都不一样。有时候，童话美丽又迷人，就像是春天，又像是一个活泼的小姑娘，她戴着花草编成的花环，手里拿着树枝，树枝上还长着几片嫩叶子。她的眼睛就像是刚刚解冻的春水，亮晶晶的，晶莹剔透又纯洁。还有的时候，它化成一个小贩，当他打开自己随身携带的背包，里面装满了写着诗句和回忆的银色绸带。不过，有时候它也喜欢装成老祖母，她的头发已经泛白了，但是讲出来的故事却非常吸引人。她总是讲得活灵活现，让人仿佛身临其境（临：到；境：境界，地方。亲自到了那个境地）一般。

"它应该再也不会回来了吧？也没有谁会敲响我的门了。"他一边说着，一边看着门。他突然想着，童话是不是藏了起来，它要是藏了起来，将它找出来不就得了？

"但是，它藏在哪里呢？很有可能是一根草或者一朵枯萎的花里，也有可能藏在了枯井里。不过，只要它被找出来了，一定能够比以前还要光彩照人

（用以形容人（一般形容女子）或事物十分美好或艺术成就辉煌，令人注目、敬仰）。"这个人嘀咕着，打开门走了出去。

他看到了外面开满了鲜花，有金黄色的郁金香，

还有鲜艳的玫瑰，玫瑰旁边是茶树花……

"这个黑暗的时代长出来的花儿是多么的迷人啊，不过，它们的命运也是悲惨的。"那个人看着这些花儿说，"它们都被砍下来，编成了花圈，然后放进棺材，陪着死去的人一起被埋葬。说不定童话就藏在某朵花儿里面，然后被不知情的人拿去埋葬了。不过，童话是永恒的，它应该可以透过地里的草根，重新开出地面！"

"也有可能它已经来过了，也敲响了门。不过，那个时候大家都死气沉沉（形容气氛不活泼。也形容人精神消沉，不振作）的，等着厄难降临，所以，很有可能它来了，又失望地离开了。"

"是的，一定是这样的！"那个人突然激动起来，"我得找到它，然后向它解释清楚，它一定会回来的！"

说着，那个人继续前进，步伐也轻快了很多。

那个人走出花园，走到杨树林，然后他看到了一个小屋子。小屋子的外面有一个养鸡场和一个养鸭场，还有一个老太太坐在屋子的中央。这个时候天色已经晚了，他静静地站在这个小屋子旁，不说话，呆呆地看着大海、草地和海滩。过了一会儿，月亮出来了，大地都被披上了一层银色薄衫，美丽极了。就在这个时候，窗户打开了，老太太看着他说："你的衣服里有四片苜蓿草叶子，还有七根苜蓿草！"

"请问你是谁呢？"那个人感觉非常惊讶，因为老太太全部答对了，"你怎么知道的呢？"

"我是沼泽女人，"那个老太太说，"我在这里酿酒，这里的酒桶上都有塞子，不过，有一个沼泽小鬼将塞子取了，现在酒往外面淌着，不好的事情要发生了。"

"然后呢？"那个人问。就在这个时候，沼泽女人打

suànguānchuāng lí kāi le
算关窗离开了。

qǐng nín děng yí xià   tā dà hǎn
"请您等一下！"他大喊。

nǐ yǒu shén me shì qing yào wèn wǒ   zhǎo zé nǚ rén shuō   nǐ yǒu shén
"你有什么事情要问我？"沼泽女人说，"你有什

me shì qing mǎ shàngshuō   wǒ hái děi qù zhào liào wǒ de jiǔ tǒng
么事情马上说，我还得去照料我的酒桶！"

nà ge rén gǎn jǐn xún wèn tā yǒu méi yǒu kàn dào tóng huà   zhī qián tóng huà hěn
那个人赶紧询问她有没有看到童话，之前童话很

有可能路过这里。

"你的童话不是已经很多了吗？"沼泽女人说，"你为什么不去关心别的事情，反而将心思花在童话上？你知道的，现在，小孩子也不要童话了。男孩子喜欢雪茄，女孩子喜欢新的漂亮裙子，他们还要童话做什么呢？"

"你说的话太过于无礼了。"那个人说，"你根本什么都不懂，你只知道你的青蛙和鬼火而已！"

"不错，我非常了解青蛙和鬼火，但是其他的事情，比如童话，我知道的也不少！"沼泽女人说，"不过，你好好担心鬼火吧，它们已经偷偷溜了出来了！走吧，跟我去沼泽，我将所有我知道的事情都告诉你！"

说完，沼泽女人就消失了。

等到那个人走到沼泽的时候，沼泽女人已经不耐烦地等在那里了："你怎么那么慢？你们人类确实慢，连

一个老巫婆都不如！"

"现在，你要告诉我什么呢？你到底看到过童话吗？"那个人说。

"你就知道担心你的童话！"沼泽女人有些不满，"童话其实非常老了，但是它看起来非常年轻。童话姑娘老是东跑西跑，一会儿藏进郁金香花儿里面，一会儿跑进普通的野花里，还有可能走进教堂，然后将自己裹在黑布里偷偷睡去。"

"你知道得真多！"那个人说。

"没错，"沼泽女人继续说，"童话和诗就像是两段布。它们随便到哪儿，都会有人将它们编织得漂漂亮亮的。对了，我这里有不少的诗精，它们是诗的精华。如果你要，我可以免费给你。"

"真的吗？"那个人惊讶极了。

"你知道那个'踩着面包走的女孩'的故事吧？"

"是的，这个故事是我讲出来的。"那个人说。

"那你就知道她了。"沼泽女人说，"那个女孩沉到地下了，地下还有个沼泽女人，她看见那个孩子后，就带走她了，还给我一件没有用处的礼品，就是那一柜子的瓶装诗集。"

"请您让我看一看吧！"那个人恳求。

"可以啊，不过，还有更重要的事情没有做呢！"沼泽女人说。

"现在我们就在柜子旁边，你快说说里面装的什么吧？这也不会浪费你多少时间的！"那个人说着，指了指杨树树干，那就是柜子，

"这是五月香，它可以让土地长出开满睡莲的湖泊，也能让普通的练习本变成芬芳的剧本。"沼泽女人说着，指着另外一个瓶子说，"这是'造谣瓶'，它的水最脏了。人们要是使用了它，就会满嘴谎话，再也不说出任何真话。不过，它是用真理和谎言混合出来的。"

那个人听着，陷入了自己的幻想里。对此，沼泽女人可不高兴了，她很忙，希望现在这些马上结束。

"行了，别看柜子了。"她嚷嚷，"鬼火已经进城了，它们会在城里作乱，你们人类可得小心了！"

"我不懂您在说什么。"那个人回答。

"那你坐下，我给你讲一讲这件事吧，这样你就懂了，"沼泽女人说，"昨天晚上，很多小鬼火出生了，它们长得很快，没一会儿就变成它们父辈那么大了。所有的鬼火都被允许到城里去，自由行动。而这些鬼火还被允许变成人，它们有一年的时间维持人形。只要鬼火没有被风吹灭，或者掉进海里，它就可以在一年内附身任何人，也可以变成任何人的模样，它们可以为所欲为（为：做。本指做自己想做的事。后指想干什么就干什么），没有谁可以管住它们。就在昨晚，老鬼火们将小鬼火们带进城里了，它们可没有安好心。现在，它们应该已经在城里了，所以，人类需要小心了。"

"哦，这个童话真完整。"那个人说。

"这只是开头，后面它们会做什么没有人知道。"沼泽女人回答。

wǒ yào jiāng zhè xiē xiě xià lai　xiě chéng yí bù guǐ huǒ de chuán qí gù shi
“我要将这些写下来，写成一部鬼火的传奇故事。”

nà ge rén yǒu xiē jī dòng
那个人有些激动。

nǐ suí yì ba　zhè xiē hé wǒ kě méi yǒu shén me guān xi　zhǎo
“你随意吧，这些和我可没有什么关系。”沼

zé nǚ rén shuō
泽女人说。

kě shì　wǒ yě méi yǒu bàn fǎ gào su rén men zhè jiàn shì a　wǒ yào shi zhǐ
“可是，我也没有办法告诉人们这件事啊，我要是指

zhe yí gè rén shuō　kàn a　tā shì guǐ huǒ　wǒ men yīng gāi dǎ pǎo tā　nǐ
着一个人说：'看啊，他是鬼火，我们应该打跑他！'你

觉得人们会相信吗？"那个人说。

"鬼火会变成任何人，也有可能以任何形式存在，它们要是变成政府人员或者科学家，人类的世界就麻烦了。"沼泽女人说。

"城里的人才不会在乎呢，"那个人表情有些复杂，"他们不会有一点的恐慌，即使是我用非常严肃的口气和他们说这件事他们也不会相信的，比如我说：'沼泽女人说了，鬼火们进城了，让你们小心点！'他们非但不会相信，还会哈哈大笑起来，说我今天讲这个童话真好笑呢！"

名师点拨

这一篇童话写在硝烟弥漫的战争时期，具有浓重的讽刺意味。在这篇童话里，安徒生讽刺了社会中那些不作为的批评家和文化人，指责他们面对国难还互相吹捧。

蜗牛和玫瑰树
WONIU HE MEIGUISHU

风 车

名师导读

山上有一个来自荷兰的风车,它觉得自己非常值得骄傲,也非常了不起……

shān shang yǒu yí gè fēi cháng jiāo ào de fēng chē tā
山上有一个非常骄傲的风车,它

de yàng zi què shí zhí dé tā jiāo ào
的样子确实值得它骄傲。

wǒ cái bù jiāo ào ne fēng chē shuō bú guò
"我才不骄傲呢!"风车说,"不过,

wǒ lǐ lǐ wài wài dōu guāng liàng de hěn tài yáng xǐ huan
我里里外外都光亮得很,太阳喜欢

zhào zhe wǒ wài miàn yuè liang xǐ huan zhào zhe wǒ lǐ miàn
照着我外面,月亮喜欢照着我里面。

wǒ kě yǐ shuō wǒ shì fēi cháng kāi míng ér yòu cōng huì de
我可以说我是非常开明而又聪慧的。

语言描写,说明风车的骄傲。

wǒ shì yí gè fù yǒu sī xiǎng xǐ huan sī kǎo de
"我是一个富有思想,喜欢思考的

rén wǒ de gòu zào yě fēi cháng jīng zhì ràng rén kàn dào
人。我的构造也非常精致,让人看到

就会感觉非常愉悦。我怀里有一块磨石，它是比较
好的那种。我还有两双翅膀，它们长在我的头上，
刚好在我的帽子下面。鸟雀都只有一双翅膀呢，
还是长在背后的。我是一只来自荷兰的风车，我的
肚皮下面住着思想，他经常被人叫做磨坊人，他还
有一个伴侣，名字叫做妈妈。他们有一些孩子，名

字叫做小思想。小思想以后也会变成大人的，不过，现在他们老是闹得我脑袋疼。最近，我怀里的磨石和轮子好像出了什么问题，我叫爸爸好好检查，今天阳光这么好，他一定能够看出来问题的。

"不过，小思想可真闹腾啊，他们跑进我的帽子里面，在里面叽叽喳喳地说着什么，还不停地哈哈大笑，弄得我都快要散架了。

"日子一天天的过去，新的一天也跟着到来。我要被拆掉了，因为爸爸想要弄一个更新更好的风车。爸爸也换了一个新的'妈妈'，她又年轻又活泼。虽然我快要被拆掉了，但是我并不会因此死去，我会变成新的东西，然后继续活下去。我希望可以一直陪着这些思想，然后看着他们成长。"

有一天，磨坊着火了，火焰吞噬着这里的一切，这里的东西全部被吞噬得干干净净，只剩下了一些灰烬。

时间就这样过去了，老磨坊被烧着的事情并没

有影响那些小思想，等到那些小思想长大了，变成了

思想，思想又会建造一座新的磨坊，寻找新的妈妈……

当人们路过这里的时候，会说："啊，你们看，这磨

坊还不错。"其实，现在这个磨坊比以前的还要好很多

了，不过，当初被烧毁，还残留一点躯体的风车还躺在

地上。它一直以为自己会变成其他东西，不过，一切并没

有朝它期望的方向发展。它虽然希望能够变成新的

东西，希望能够陪着思想们，不过，这只是它的期望罢

了，虽然这看起来很有意义，也很温馨。不过，人们从

来不做看起来有意义，实际上却没有任何好处的事情。

名师点拨

　　磨坊里曾经有过很多东西，现在依然有很多东西，虽然磨坊着过火，却没有被毁掉。这个故事告诉我们，有些事情过去之后，就过去了。

风暴把招牌换了

名师导读

有一天，突然刮起了一阵大的风暴，把所有的招牌都给换掉了，之后会发生怎样的故事呢？

在很久很久以前，那个时候外祖父还非常年幼。那个时候他穿着红色的裤子和红色的上衣，腰上缠着一根长带子，帽子上面还插着一根漂亮的羽毛。他这样的打扮在那个年代是非常正常的，孩子们若是想要打扮得好看一点就会那样做，当时那个样子是比较受到追捧的，虽然在现在看来非常搞笑。现在，我们来听一听外祖父讲他的旅行故事吧，他的故事总是非

cháng yǒu qù
常有趣。

nà ge shí hou xié jiang men gāng hǎo yào zhuǎn dào lìng wài yí gè gōng huì
那个时候，鞋匠们刚好要转到另外一个公会

qù tā men zhèng dǎ suan jiāng zhāo pai huàn xià lai dài biǎo zhe tā men shēn
去，他们正打算将招牌换下来。代表着他们身

fen de chóu duàn qí zi zài tiān kōng piāo yáng qí zi shàng miàn hái huà zhe yì zhī
份的绸缎旗子在天空飘扬，旗子上面还画着一只

shuāng tóu de māo tóu yīng hé yì zhī hěn dà de xié zi nà xiē bǐ jiào nián yòu
双头的猫头鹰和一只很大的鞋子。那些比较年幼

de huǒ ji jiù pěng zhe huān yíng bēi hé gōng huì de xiāng zi nà xiē nián
的伙计就捧着"欢迎杯"和公会的箱子。那些年

老的伙计就拿着剑，剑上面还插着一个柠檬。除此之外，还有一支乐队一直跟着他们。那些乐队拥有一个非常漂亮的乐器，乐队里的人都叫它"鸟"。外祖父不叫它鸟，而是说那是一根"顶上有个弯月亮，上面挂着不少叮叮当当响的东西的棍子"。这根棍子被乐队的人举得高高的，随着他们的走动不停摇晃，发出悦耳的撞击声。当太阳照在上面，它就会发射出耀眼的光芒。

走在前面的是一个丑角，他穿着刻意用各种颜色的布料缝制出来的衣服，还将脸用墨水抹得漆黑，头上戴着一排排铃铛，就像是一匹打算拉雪橇的马儿。他一边走一边把棒子往人群里捅去，虽然每次都让人们拼命后退，挤来挤去，但是却没有捅伤任何一个人。这个人看到大家推来推去，有些还被推到河沟里，有些则开始骂骂咧咧起来，好像觉

得很有趣，突然哈哈大笑起来，弄得大家莫名其妙

（说不出其中的奥妙。指事情很奇怪，说不出道理来）

的。队伍还在前行，旁边的路上都站满了人，还有

很多开着窗子看着他们前行，更有甚者，那些挤不

进去的人就直接爬到屋顶上面，晃晃悠悠地看着

队伍往前走。

外祖父虽然已经年老了，但是这件事情他还是记得

很清楚，讲起来也眉飞色舞（色：脸色，表情。形容人

非常得意兴奋的样子）的。公会最老的会员一般还会

去台子上面进行演讲，台上往往会挂着招牌，演讲

的内容是诗。等到老人演讲得差不多了，那个丑角就

爬到台子上面，模仿刚刚那位老人的刚刚演讲的声

音和动作。台下一下子就爆发出哄笑声，大家都非常

开心。过了一会儿，丑角开始演一个傻瓜，等到他演得

上瘾的时候，突然将手里的杯子往群众里面扔。外

祖父就有这样一个杯子，是当中一个泥水匠抢到以后送给他的。这样可真是有趣啊。紧接着，新的公会就挂起了新的招牌。

"这种场面，不论是这个人到了什么年纪也很难忘却啊！"外祖父说。对此，他确实一生也没有忘记，不过，这个故事还不是最有趣的，最有趣的还是他讲的

京城里面迁移招牌的事情。

外祖父那个时候还很小，他和自己的父母去了

一次国家的首都，在那之前，他还没有去过那里呢。

那个时候，街上挤满了人，他还真的以为大家在举

行迁移招牌的仪式，毕竟那里到处都是招牌！裁

缝店的招牌挂着各种各样的衣服图案，烟草店上

面是一个小孩在抽雪茄的图片，还有其他种种，

若是一个人想要将这些招牌看完，怎么也得跑上

一整天。

他到了京城的第一天晚上，就遇到了一场很

可怕的风暴。这样的风暴连报纸上也很少出现。

瓦片被吹到空中飞舞，所有的木头围栏都被吹倒

了，还有一些手把车也在街上自己走动起来。整

个世界都是风的呼啸声和摇撼物体的轰隆声，可

怕极了。运河里面的水也在陆地上面爬行，它也被

列举地面上的景物来说明风暴的可怕，使风暴更加形象。

风浪卷了上来。风暴在城市的上空呼啸着，狂暴地卷起烟囱，将它们狠狠地掼在地上；还有很多古老的教堂塔尖也让风扭断了腰，再也没有直立起来。

那位已经年老的消防队长的门口还有一个小哨房，这个房子跟了他很多年了，还是没有逃过风暴的魔爪，被连根拔起，吹到街上，还滚了十几米远。

还有一位剃头师的招牌也被风吹走了，那是一个很大的黄铜盆，当它落到地上的时候，大家都听到"哐当"的巨响。当时附近的人都被吓了一跳，还以为怎么了，但是风暴太大，

yě bù gǎn chū mén guān kàn qíng kuàng
也不敢出门观看情况。

yí kuài huà zhe yú er de zhāo pai bù zhī dao wèi shén me táo guò yì jié fēng bào
一块画着鱼儿的招牌不知道为什么逃过一劫，风暴

bìng méi yǒu duì tā zuò rèn hé shì qing tā yì zhí xìng gāo cǎi liè de zài fēng bào lǐ miàn
并没有对它做任何事情，它一直兴高采烈地在风暴里面

piāo yáng bù shí liè liè zuò xiǎng
飘扬，不时猎猎作响。

yì zhī fēng xìn jī fēi dào duì miàn de wū zi shàng miàn rán hòu tíng zài le nà
一只风信鸡飞到对面的屋子上面，然后停在了那

li dà jiā dōu shuō zhè shì yí gè fēi cháng zāo gāo de è zuò jù
里。大家都说这是一个非常糟糕的恶作剧。

还有一个饭馆的菜单也被吹飞了，也不知道风暴是怎么弄的，居然将它吹到了剧院的门口。于是大家路过的时候就看到了"萝卜汤和白菜"这个奇怪的节目单，不过，这样吸引了一部分人进去看看到底是演的什么。

这是多么可怕的一夜啊，等到第二天早上，大家都开门出去的时候，发现几乎所有的招牌都被换了位置。有些招牌上面还写着某些不好的东西，对此，外祖父不好意思说出来。不过，我能感受到，他每次讲到这个地方都会暗暗发笑；或许他还有很多的秘密不愿意说出来呢！

风暴过后，很多人都没有办法找到自己需要的店铺了，老是钻进别的铺子，弄得大家都哈哈大笑起来。

这种风暴在我们现在这个时代是从来没有

de wǒ hěn qìng xìng nà zhǐ shì fā shēng zài wài zǔ fù xiǎo shí hou bù
的，我很庆幸那只是发生在外祖父小时候，不

rán wǒ men yě zhǎo bu dào zì jǐ xū yào de diàn pù le duì cǐ wǒ
然，我们也找不到自己需要的店铺了。对此，我

jīng cháng huì àn àn qí dǎo děng dào fēng bào dǎ suan huàn diào zhāo pai de shí
经常会暗暗祈祷：等到风暴打算换掉招牌的时

hou dà jiā dōu zài jiā li
候，大家都在家里。

名师点拨

　　在招牌位于原位的时候，似乎没有人在意它们，等到风暴把它们变换了位置，人们才体会到不便。我们要珍惜现在拥有的一切，不要等到失去了才后悔。

民歌的鸟儿

名师导读

在暴风肆虐的时候，有人讲了一个故事，会是一个什么样的故事呢？

现在刚好是冬天，大地都被厚厚的雪层覆盖着。远处的大山也戴上了一顶白色的帽子，期间偶尔有纷纷扬扬的雪花飘落，点缀其间，美丽极了。这个时候的天看起来很高，又很晴朗。寒风就像是妖精们炼出来的钢刀，每次往人们身上刮过去的时候，总是冰冷而又刺骨。树木上面也挂满了白色的雪，都分辨不出来它们本来的模样了。这里的空气也是难得的清新，就好像是阿尔卑斯山脉一样。

北极光和无数的星星也在这美丽的天地间闪耀，多么美丽而又迷人的夜晚啊！

暴风开始涌动，不少乌黑的云层被带了过来，天地间开始飘落起白色的鹅绒大雪。漫天的雪花将道路覆盖了，原野寂静无声。可是人们啊，一点儿也不害怕，大家在屋子里燃烧起火炉，然后围着火炉开始闲谈。大家听到了一个故事：

大海的边上有一座坟墓，有个幽灵坐在坟墓上面。他以前是一位国王，而现在，他的额头射出一道金色的光圈，他的长发被风吹动，飞舞起来。他穿着铠甲，有些哀伤地垂下头，叹息着，就好像没有得到救赎。

刚好这个时候有一艘船从这里经过。大家都在这里停了下来，打算到陆地上做一些事情。有一个歌手，他看到了这个悲伤的幽灵，于是过来问：

"你在悲伤和难过什么呢？"

幽灵看了看他，叹息一声说：

"我以前是一位英雄，可是等到我死去以后，谁也没有为我一生的事迹歌颂过。现在这些事迹都过

语言描写，表现幽灵的落寞。

去了，死亡了。没有任何歌儿将它传播到全国，也没有人还记得那些古老的事情了。因此我无法安宁，也无法休息。"

"您能给我讲一讲您的故事吗？"歌手问。

"可以！"幽灵回答。他开始向这位陌生的歌手叙述他曾经的事业和战绩，他的同时代的人都知道的丰功伟绩（丰：大。伟大的功绩）。但是，这些事迹都被大家遗忘了，因为他同代人里面并没有歌手，自然无法将他的事迹传颂到现在。

这位有些年老的歌手听完幽灵的叙述后，拨动了他竖琴上面的琴弦。他开始歌颂这个英雄的功绩，歌唱他曾经的英勇。幽灵听见后，脸上的悲哀一扫而空（一下子便扫除干净。比喻彻底清除），他的眼睛也射出光芒，就好像是星星一样熠熠生辉（熠熠：光耀，鲜明。形容光彩闪耀的样子）。突然，他

的身体周围发出灿烂的光芒，随着一道北极光划过，这位英雄消失了。当琴弦发出最后一个颤音的时候，一只鸟儿飞了出来，就好像是从竖琴里面跑出来的一样。它是一只美丽而灵动的歌鸟。这只歌鸟越过高山，越过深深的树林，飞走了。它是民歌的鸟儿，它永远也不会消失和死亡。

我们听到了它的歌声。那是一个冬天，大家都在房间里休息，它的歌声突然就传来了。这只鸟儿不仅仅会唱那个英雄的歌儿，它还会唱爱情和其他类型的歌儿。它的音调是那么柔美和甜蜜，让人听了以后，即使在寒冬也会生出一股暖意。

在异教徒的时代它也没有受到任何影响，因为它的巢穴在竖琴上面。不论是什么不公和暴力都无法影响到它，它至今还在。

它现在就对着坐在屋子里的大家唱着。外面是

寂静的黑夜，或许还飘着雪花。我们通过它的传唱，知道了我们祖先的国土是什么模样。上帝也通过"民歌的鸟儿"的歌唱声，给我们讲着我们母亲的语言。古老的记忆被唤醒，暗淡的颜色也褪去了，开始发出新的光芒。鸟儿的歌声就像是美酒，我们都听得如痴如醉（形容神态失常，失去自制），这

一晚，也因为它变得更加精彩。

雪花还在飞舞着，冰块也不停地碎裂。外面的风暴还在任意妄为，主宰着一切。虽然，它并不是我们的上帝。

这个冬天，寒风就像是妖精冶炼的钢刀，它已经刮了好几个星期了，还是不愿意停歇。雪花不时落下，整片天地都休眠了，万物寂静无声。这安静的一切，就好像冬天的这座城市睡着了，一切都是一个梦而已。

在这座静谧的城市上空，有很多鸟儿在飞舞。它们张开喉咙，尽情地歌唱。

最先飞出来的是一群麻雀鸟，它们叽叽喳喳地，将它们知道的所有的事

用一个比喻句来说明寒风的刺骨。

情都讲了出来，包括大街小巷、房前屋后的事情。

"我们知道关于这个被大雪覆盖的城市所有的一切。"它们七嘴八舌(形容人多口杂)地说着，"这里所有的人都住在屋子里面，都在吱！吱！"

黑色的乌鸦也从白雪上面滑过，落到地面。

"呱呱！呱！"它们叫嚷着，"雪底下还有好些东西，那些可以吃的东西，真是太棒了！呱呱！呱！"

野天鹅也飞了过来，它们高贵地歌唱着那些伟大的感情。这些感情一般从人们的思想和灵魂里面诞生，现在那些人们正住在被大雪覆盖的城市里。

那里可没有死亡，那里还是生机勃勃(形容自然界充满生命力，或社会生活活跃)，它们在大雪底下积蓄力量，等待着春天的到来。这一点我们也可以从歌声里面听出，多么和谐而又美好的声音啊，就像是阳光下一朵花儿绽放一般美妙。现在，天空吹来

了温暖的气息，它们穿破乌黑的云层，带来阳光。雪山也裂开了，阳光从缝隙里面温暖大地，唤醒沉睡的生机。春天就这样来了，燕子也飞了回来。新的一代人里面，心里同样也带着故乡的声音，他们也回来了。

狂暴的风雪和冬天冰冷的噩梦都会消失，一切都会从永恒的"民歌的鸟儿"动人的歌声里面获得新生。

名师点拨

在这里，"民歌的鸟儿"象征的是一个国家和民族的优良传统，歌唱英雄的丰功伟绩，歌唱淳朴的风气。通过"民歌的鸟儿"，我们可以认识我们的祖国。

小鬼和太太

名师导读

有一个小鬼，他对太太非常不满，想要捉弄她，他会怎么做呢？

nǐ huò xǔ rèn shi xiǎo guǐ dàn shì nǐ hěn yǒu kě néng bú rèn shi tài
你或许认识小鬼，但是你很有可能不认识太

tai yuándīng de lǎo po tā shì yí gè fēi cháng yǒu xué wen de nǚ shì tā
太——园丁的老婆。她是一个非常有学问的女士，她

néng gòu bèi sòng hěn duō shī piān hái néng tí qǐ bǐ jiù xiě shī tā yǒu xiě zuò
能够背诵很多诗篇，还能提起笔就写诗。她有写作

hé jiǎng huà de tiān fēn dōu kě yǐ dāng yì míng mù shi le zuì shǎo yě shì mù shi
和讲话的天分，都可以当一名牧师了，最少也是牧师

de tài tai
的太太。

chuānshàng xīng qī rì fú zhuāng de dà dì rú cǐ měi lì tā yín chàng
"穿上星期日服装的大地如此美丽！"她吟唱

zhe rán hòu tā jiāng zhè jù huà de yì si xiě chéng le wén zì hé shùn kǒu
着。然后她将这句话的意思写成了文字和"顺口

zì yòu jiāng tā men biān chéng yì shǒu yòu měi lì yòu cháng de shī
字"，又将它们编成一首又美丽又长的诗。

学校的学生吉塞露普先生，是这位园丁太太的外甥，他刚好来拜访园丁。他听到了这位太太的诗，不由得发出感叹："舅妈，你可真是一位有才气的女士！"

"别胡说八道！"园丁气呼呼地说，"别将这些乱

七八糟、不着边际(着：接触；边际：边界，边缘。挨不着边儿。多指说话空泛，不接触实际)的思想灌输给她！一个女人就应该有一个女人的样子，老老实实地做饭洗衣，别一天想着那些没用的，免得将饭煮糊了也不知道！"

"我只需要用一块木炭放进稀饭里面，就可以把焦味去掉了！"太太说。

"至少是你身上那些焦味，我只需要轻轻地一吻就可以去掉。别人都以为你心里只想着菜园子里面的白菜和马铃薯，其实只有我知道，你还喜欢那些美丽的花儿！"她说着，吻了一下自己的丈夫。"花儿就是诗

对话描写，体现出这对夫妻之间的差距。

歌和才气啊！"她说。

"你还是将饭锅照看好吧！"园丁说着，就去花园了。花园是他的饭锅，他必须得将它照料好。

吉塞露普先生坐了下来，和太太一起讨论问题。他对"大地是迷人的"这个句子议论了一番，这是他的习惯。

"大地是迷人的，人们说：将它征服吧！于是，人们就变成了大地的统治者。有些人喜欢用精神统治它，有些人喜欢用躯体统治它。有些人活着就像是一个感叹号，有些活着就像是破折号，我对此经常发出疑惑：人们来到这个世界干什么呢？这个人变成了主教，那个人变成了牧师，但是，一切都是安排得非常合理而又漂亮的。大地是迷人的，还穿着节日的服装！舅妈，这真是一首充满了感情和地理知识的诗啊，这太美妙了！"

"吉塞露普先生，你真是才华横溢（才华：表现于

外的才能。多指文学艺术方面而言，很有才华)！"

太太说，"你的才气很好，我不会对此说假话的。我和你谈话以后，觉得马上就更加了解自己了！"

他们继续交谈着，彼此都觉得很满足，彼此都觉得对方是一个知识渊博的人。这个时候，厨房里也有一个人在谈话，他就是穿着灰色衣服、戴着红色帽子的小鬼。小鬼坐在厨房里面，他在看着饭锅。他一个人自言自语着，不过，除了一只被叫做"奶酪贼"的黑猫以外，没有任何人理他。

小鬼非常生气，因为太太不相信他的存在。当然，太太根本就没有看见过他，不过，她要是真的是一个非常富有学问和才华的人就应该知道他的存在才对！同时，也应该表示一下关心。但是，太太从来就没有想过这方面的事情，就连圣诞节晚上的时候也不会给小鬼一口稀饭吃。这一点稀饭小鬼的

zǔ xiān dōu néng dé dào de　ér qiě gěi tā men de rén hái shi méi yǒu xué wèi de
祖先都能得到的，而且给他们的人还是没有学位的

tài tai　ér qiě　xī fàn lǐ miàn wǎng wǎng hái huì yǒu huáng yóu hé nǎi lào　māo
太太，而且，稀饭里面往往还会有黄油和奶酪！猫

er tīng zhe xiǎo guǐ zài nà li zì yán zì yǔ de shuō zhe zhè xiē hào chī de dōng xi
儿听着小鬼在那里自言自语地说着这些好吃的东西，

tā de kǒu shuǐ màn màn liú le chū lai　bǎ hú zi dōu dǎ shī le
它的口水慢慢流了出来，把胡子都打湿了。

　　tā shuō wǒ de cún zài bú guò shì rén men xū gòu de　xiǎo guǐ yǒu xiē
　　"她说我的存在不过是人们虚构的！"小鬼有些

shēng qì de rāng rang　zhè kě shì chāo chū wǒ yí qiè gài niàn de xiǎng fa　tā zhè
生气地嚷嚷，"这可是超出我一切概念的想法，她这

已经是将我全盘否定了！我以前就听到她说过类似的话，刚刚又听到她和那个学生说了相同的话！那个学生，那个小牛皮大王！我对老头子说了，当心稀饭锅，可是，老头子明明告诉她了，她还是漠不关心（漠：冷淡。态度冷淡，毫不关心）！现在，就让我将它熬焦吧！"

于是，小鬼对着已经有些缺水的稀饭锅吹火。火马上就变大了不少，将整个锅底都包裹起来，不停地用红色的舌头舔舐锅底。"咕咕咕"，锅里不时传来奇怪的声音，还有一些褐色的烟雾飘出来，稀饭焦了。

"现在，让我在老头子的袜子上面弄些洞吧！"小鬼开心地说，他平时太无聊了，难得有喜欢做的事情。"我要在袜子的脚后跟和前面弄一些破洞，让她忙着缝缝补补，而不是整天想着那些诗歌！诗人太太，你慢慢给老头子缝补袜子吧！"

猫儿突然打了一个喷嚏，虽然它穿着厚厚的毛皮衣服，还是有些感冒了。

"走，我们去打开厨房的门看看！"小鬼说着，将门打开了，"里面一定熬着奶油呢，非常浓稠的奶油！不管你想不想舔几口，反正我是一定会去尝尝的！"

"即使以后会由我来承担这个骂名。"猫儿说，"我也必须得舔一舔，不然平白无故(平白：凭空；故：缘故。指无缘无故)被打骂了也划不来。"

"我们先舔吧，挨打是以后的事情了！"小鬼说，"现在，我得先去学生的房间里，没错，就是那个小牛皮大王！我要把他的吊带挂在镜子上面，把他的袜子藏进水罐里面，让他以为自己酒喝多了，脑袋发昏。昨晚我坐在狗狗的柴堆旁边，和他们家的狗狗开了一个玩笑：我把我的腿放到它的脑袋上空，然后晃来晃去。狗狗想要咬我的腿，可是，不管它怎么跳跃

都碰不到我。最后，它生气了，开始大声叫唤起来。

然后，那个小牛皮大王被吵醒了，他戴上眼镜不停

地看这里，却看不见我，哈哈哈！"

"一会儿太太进来的时候，你就'喵'一声吧，"老

黑猫说，"最近我的耳朵不灵了，我的身体也不大舒服。"

"你害病了，害了舔病！"小鬼说，"一会儿你去舔

一舔奶油就好了！不过，你得将你的胡子清理干净了，

不要残留奶油在上面！现在，我要去偷听他们说什

么了！"

小鬼站在门口，房间里太太和学生在交谈。他们

现在在谈论才气的问题，他们觉得那是超脱于"锅碗瓢

盆"一类琐事的问题。

"吉塞露普先生，"太太说，"现在我要给你看一件东

西，这个东西我还没有给谁看过，更何况一个男人！这

是我写的几首小诗，当然，也有几首比较长，不过，我个

_{rén duì cǐ shì fēi cháng xǐ ài de}
人对此是非常喜爱的。"

_{shì de　　nǐ ná chū lai kàn kan ba　　xiǎo niú pí dà wáng　　　nà ge xué}
"是的，你拿出来看看吧！"小牛皮大王——那个学

_{sheng huí dá}
生回答。

_{wǒ mǎ shàng ná chū lai　　tā shì yòng dān mài wén xiě de　wǒ gè rén bǐ jiào}
"我马上拿出来，它是用丹麦文写的，我个人比较

_{xǐ huan dān mài de wén zì　　tā zhēn shì yōu yǎ jí le}
喜欢丹麦的文字，它真是优雅极了！"

_{shì de　　wǒ yě zhè yàng xiǎng　wǒ men jiù yīng gāi jiāng dé wén cóng wǒ men de}
"是的，我也这样想，我们就应该将德文从我们的

文字体系里面驱除！"

太太从抽屉里面取出来一个本子，这是个绿色的本子，上面还有两摊墨迹。"这本子里面写满了我的感情，它们浓厚而又真实！"太太说，"你可以仔细地看着，我喜欢诗，它就像是一个小鬼一样迷住我。你知道的，农村很多人相信家里有一个小鬼，它总是恶作剧！"

学生拿着绿色的本子开始念起来，太太在听着，小鬼也在门口听着。他来的时候，刚好念到《小鬼集》。

"和我有关呢？"小鬼说，"我得看看她写了一些什么事情，要是说我的坏话看我怎么报复她！我要捏破她的鸡蛋，我还要捏死她的小鸡，我要把她养的那些肥肥胖胖的小牲口的肥肉全部捏消失！看我怎么收拾她！"

他静静地听着，一动不动。不过，他只听到了小鬼是

rú hé de guāng róng rú hé de yǒu wēi lì tā jiù rěn bú
如何的光荣、如何的有威力，他就忍不

zhù xiào le qǐ lai qí shí tā lǐ jiě cuò le tā zhǐ dǒng
住笑了起来。其实他理解错了，他只懂

zì miànshang de yì si nǎ lǐ zhī dao tài tai shuō de xiǎo guǐ
字面上的意思，哪里知道太太说的小鬼

shì shī a bù rán huò xǔ jiù bú huì zhè me kāi xīn le
是诗啊！不然，或许就不会这么开心了。

xiǎo guǐ tīng zhe tīng zhe yǎn jing lǐ miàn yě fàng chū guāng cǎi
小鬼听着听着，眼睛里面也放出光彩，

tā diǎn qǐ jiǎo jiān zhàn zhe tā shí zài shì tài kāi xīn le
他踮起脚尖站着，他实在是太开心了！

tài tai zhēn shì yòu yǒu cái qì yòu yǒu jiào yǎng
"太太真是又有才气又有教养！

wǒ zuò de shì qing zhēn shì duì bu qǐ tā xiàn zài wǒ
我做的事情真是对不起她！现在，我

bù néng ràng hēi māo chī tā de nǎi yóu le jiù wǒ yí gè
不能让黑猫吃她的奶油了，就我一个

rén chī suàn le yí gè rén kěn dìng méi yǒu liǎng gè rén
人吃算了。一个人肯定没有两个人

tōu chī de duō zhè yě suàn shì yì zhǒng jié yuē de fāng
偷吃得多，这也算是一种节约的方

fǎ ba xiàn zài ne wǒ yí dìng yào duì tā biǎo xiàn chū
法吧！现在呢，我一定要对她表现出

zú gòu de gōng jìng
足够的恭敬！"

心理描写，
与前文形成鲜
明的对比。

zhè ge pò xiǎo guǐ tā zhēn shì gòu le lǎo hēi
"这个破小鬼！他真是够了！"老黑

māo shuō tài tai zhǐ shì shuō le tā jǐ jù hǎo huà tā mǎ
猫说，"太太只是说了他几句好话，他马

蜗牛和玫瑰树
WONIU HE MEIGUISHU

shàng jiù biàn le   tài tai zhēn shì jiǎo huá
上就变了！太太真是狡猾！"

　　qí shí　zhè hé tài tai nǎ lǐ yǒu shén me guān xi ne　zhè dōu shì xiǎo guǐ zì
　　其实，这和太太哪里有什么关系呢？这都是小鬼自

jǐ de yuán yīn
己的原因。

名师点拨

　　小鬼因为太太没有顾及自己的存在非常生气，
故意捣蛋。不过，当小鬼听到太太和学生对话提到
《小鬼集》的时候，对太太产生了尊敬，实际上，
太太说的并不是他。

蜗牛和玫瑰树
WONIU HE MEIGUISHU

姑妈

名师导读

姑妈是一个非常喜欢戏的人,她对戏有多么热爱呢? 一起来看看吧!

你应该认识姑妈吧? 她是一个非常可爱又活泼的女人! 不过,她的可爱并不是大家公认的那种可爱。她的可爱,有一股自己特有的滑稽味道。当大家想要聊天或者开玩笑的时候,姑妈总是会成为首选的笑料,一直都是如此! 她可以成为某个戏里的角色,这是因为她就是为了戏院或者和戏院有关的一切而活着。她是一个有身份的人,但是经纪人法布——姑妈喜欢叫他佛拉布——却说她是一个十足的"戏迷"。

"戏院就是我的学校啊，"她经常这样说，"戏院是我所有知识的源泉！我在这里可以重新温习《圣经》的历史！我也可以从戏里知道很多地理知识、历史知识！我也为了某些戏剧流了不少眼泪！你想一想啊，一个丈夫为了让自己的妻子可以和她年轻的爱人在一起，居然自己去喝酒醉死了！没错，我是这个老戏院的老主顾，我在这里已经看了五十年戏剧了！这五十年里面，我不知道为了多少戏剧流了多少眼泪！"

姑妈对每一出戏、每一个情节、每一个人物都了如指掌（了：明白；指掌：指着手掌。形容对事物了解得非常清楚，像把东西放在手掌里给人家看一样）。她的生命里只有她的戏剧。夏天的时候没有任何戏剧上演——这会让她变得衰老。晚上播放的戏要是能够一直演到下半夜，那简直就是给她增加寿命！她和普通人有很大的区别，别人喜欢说："春天到了，候鸟回

来了！"

或者说："报纸上说，最近草莓已经陆续上市了！"她对春天毫无兴趣，等到秋天到来的时候，她就会说："戏院已经开始卖票了！"或者："戏剧马上就要开演了！"

在她的眼里，只有和戏剧沾边的东西才是值钱的。比如，别人买房子都是选择交通便利的或者考虑房子大小，而她，则喜欢看是不是离戏剧院近，越近的房子她觉得越值钱！

有一次她不得不换房子，到另外一个地方住的时候，她非常伤心。她说："以前，我只要往窗外一望，就知道戏剧院有没有人，有没有演戏，

举例说明姑妈有多么喜欢喜剧。

ér qiě zhǐ xū yào zǒu jǐ bǎi bù jiù kě yǐ dào xì jù yuàn le   dàn shì
而且，只需要走几百步就可以到戏剧院了！但是，

xiàn zài wǒ zài yě bù néng cóng chuāng hu lǐ miàn kàn dào xì jù yuàn le   yě bù
现在我再也不能从 窗 户里面看到戏剧院了，也不

néng zhī dao xì jù yuàn yǒu méi yǒu kāi chǎng rén duō bù duō le   zuì zhòng yào
能知道戏剧院有没有开场、人多不多了！最重要

de shì   wǒ xiàn zài bì xū děi zǒu jǐ qiān bù cái néng dào dá xì jù yuàn zhè
的是，我现在必须得走几千步才能到达戏剧院，这

duō me ràng rén shāng xīn a
多么让人伤心啊！"

gū mā yě huì shēng bìng bú guò bìng de zài lì hai yě bú huì yǐng xiǎng tā kàn
姑妈也会生病，不过，病得再厉害也不会影响她看

戏的决心。她有一次生病了，医生给她开出的药方必须敷在脚上，这样她就不能走路了。你以为这样能够阻挡她看戏的决心吗？不，她叫了一个车子到剧院去，然后敷着药坐在剧院看戏。之前，有一个医生死在戏剧院了，她却说："啊，多么幸福的死法啊！要是我要死去了，也希望自己能够死在戏剧院里面！"

要是天堂里面没有戏院，估计她宁愿不去天堂吧！

姑妈在自己的房间里面安装了一条私人电线，一直通到戏剧院里面。她每天喝咖啡、吃糕点的时候就会接到一个"电报"。她总是向布置戏剧景物等

举例说明姑妈有多么爱看戏。

琐事的管理人——席凡尔先生打听各种事情，比如，每场戏的简要情节。她不是特别喜欢莎士比亚的《暴风雨》，她觉得这部剧的布景太过于复杂了，反而失去了应该表现的东西。

在古代的时候——姑妈就喜欢这样说，其实就是三十多年前——她和席凡尔先生都还是年轻人。那个时候席凡尔先生就已经在剧院工作了，她说席凡尔先生是她的恩人。那个时候，每个后台的木匠都有两个自由的位置可以处理。这些位置上面往往坐着名流，他们可以看到落幕前和落幕后的演员动作，这毫无疑问非常有趣。

姑妈就有好几次坐在那个位置上面，因为很多戏剧都要从演员出来看到谢幕以后才算完整。

很多人都喜欢带着食物去戏剧院里面，有一次发生了一件事，剧院经理就不让人坐在特殊位置上面

了。当时，有一个人的面包和苹果掉到了台上的监狱里面，而监狱里面正关着一个快要被饿死的犯人。于是，台下都哄笑起来，现场又是尖叫又是大笑，导致整部剧都没有办法继续演下去了。

"不过，我到那个特殊的位置看了37次戏剧，"姑妈说，"席凡尔先生，这对我意义非凡，我一辈子也不

会忘记。"

当特殊位置最后一次开放的时候,《所罗门的审判》刚好上演。姑妈托她的恩人席凡尔先生弄到了一张门票,然后将这张票给了自己的经纪人法布。

法布去看戏了,他其实对这些并不感兴趣,于是就睡着了。等到他第二天醒来的时候都没有人发现他被关了一晚上,这让他有些哭笑不得(哭也不好,笑也不好。形容很尴尬)。

他将这件事情告诉了姑妈,不过姑妈并不相信。经纪人说:"等到《所罗门的审判》演完了,所有的人都离开了,不过,这个时候真正的戏剧才开始上演。所有的道具都活了过来,它们并没有演《所罗门的审判》,而是演了一出《戏院的审判日》。"这就是经纪人对姑妈说的话,在他得到姑妈托人为他买的票后说的话!

经纪人说的话非常恶意而又含有讽刺意义。

他好像还嫌不够，继续对姑妈撒谎："那时候真是漆黑一片，什么都看不清楚。不过，那个时候《戏院的审判日》才刚刚开始演呢！收票的人就站在门口，每个人都必须交出自己的品行证说明书。那些开演后迟到的人，或者故意在外面闲逛的年轻人都要被拴在外面，就像是拴罪犯一样。就这样，《戏院的审判日》开演了。"

"这种胡说八道(胡，中国古代对西、北部少数民族的称呼，亦指胡僧。后来"胡人来说八道经"就指人没根据的瞎吹乱侃。人们常把不负责任地乱说一气，称之为胡说八道)的话语，就连我们的上帝也不曾听说过！"姑妈有些生气。

不过，姑妈也在能带给她生命活力的戏院里感受过恐惧和苦恼。那是冬天，天气又冷，外面还在下雪。

不过，爱戏如命的姑妈并不会因此缺席，她冒着大雪出门了。姑妈穿着毛皮滑雪靴，她几乎连小腿都伸进靴子里面了，天气实在是太冷了。

姑妈走到戏院，她刚刚在自己的包厢坐下，就听到外面大喊起火了。姑妈坐在最里面，因为她觉得自己的那个位置是非常适合看戏的。那些走在前面逃跑的人，不知道是因为什么原因，走的时候直接将门关上了。姑妈走到被关上的门边，才发现打不开门，只能回到自己的包厢，坐在那里拼命喊救命。可是她看了看，下面没有一个人，于是，她只能从栏杆那里跨出去。结果，她卡住了，一只脚悬在外面，还有一只在座位下面。不过，她最后还是被救了，因为有人听到了她的呼喊声，也看到了悬在外面的一只脚。

她的恩人席凡尔先生经常在礼拜天拜访她。不过，她不看戏的时候还是蛮无聊的，为了打发时间，她

蜗牛和玫瑰树
WONIU HE MEIGUISHU

将午后剩下的饭做成新的菜，然后找来一个小女孩，
让她吃掉。

这个小女孩是芭蕾舞班的一员，她的工资非常低，
姑妈觉得这种活计实在是太辛苦了。

姑妈最后还是没有得到和戏院相同的寿命，她
没有多久就去世了。她死的时候或许有些遗憾吧，因

为她没有死在自己心爱的戏剧院，而是死在自己的床上。她临死前最后一句话是："明天会有哪些戏剧上演？"

她去世后留下了一笔财产，她有留下遗嘱，将这笔钱给了一位没有家、正派的小姐。这位小姐需要拿出一笔钱来买票，每年一张二层楼上左边的位置，必须是星期六的票，因为最好的戏都是在那天上演；同时，她也于星期六在戏院怀念和感恩一下姑妈。

这一切就是姑妈的宗教。

名师点拨

"姑妈"代表着一类人物，不管是在古代还是现在，不管是在资本主义社会还是社会主义社会，都会存在这种人，只不过表现方式不同。

蜗牛和玫瑰树
WONIU HE MEIGUISHU

癞蛤蟆

名师导读

井底下住着一只癞蛤蟆妈妈，它生了很多孩子，它们之间会发生怎样的故事呢？

jǐng tè bié shēn　suǒ yǐ jǐng shéng yě tè bié cháng　měi cì rén men jiāng shuǐ
井特别深，所以井绳也特别长。每次人们将水

tǒng lā chū lai de shí hou　huá lún jǐ hū dōu méi yǒu bàn fǎ zhuàn dòng le　tài
桶拉出来的时候，滑轮几乎都没有办法转动了。太

yáng yǒng yuǎn méi yǒu zhào shè dào jǐng dǐ　bù guǎn jǐng shuǐ yǒu duō gān jìng　duō qīng
阳永远没有照射到井底，不管井水有多干净、多清

chè　shàng miàn yě dào yìng bù chū lai tài yáng de yǐng zi　bú guò　tài yáng zhào
澈，上面也倒映不出来太阳的影子。不过，太阳照

shè bú dào shuǐ miàn　hái shi kě yǐ zhào shè dào jǐng bì de　zhǐ yào bèi tā zhào shè
射不到水面，还是可以照射到井壁的，只要被它照射

guò de dì fang　dōu huì zhǎng chū lǜ sè de tái xiǎn
过的地方，都会长出绿色的苔藓。

jǐng dǐ zhù zhe yì qún lài há ma　tā men bú shì běn dì há ma　ér shì wài
井底住着一群癞蛤蟆，它们不是本地蛤蟆，而是外

dì qiān lái de　dāng chū lǎo há ma mā ma lù guò zhè li　méi yǒu kàn qīng chu　zhí
地迁来的。当初老蛤蟆妈妈路过这里，没有看清楚，直

106
PAGE

接掉了进去，而后面跟着它一起的蛤蟆也跟着跳了下去，就这样，它们在这里安家了。那些早就住在这里的青蛙并没有反对它们住在这里，它们觉得癞蛤蟆是它们的亲戚，它们还将癞蛤蟆叫做"井客"。癞蛤蟆们打算在这里一直住下去，因为这里有很潮湿的地方，也有很干燥的地方，这让这些蛤蟆非常满意。最让它们放心的是，这里没有任何天敌，生活不能更美好了。

青蛙妈妈曾经出门旅行过，那次，人们将水桶扔进井里，它就跳进了桶里，被一起带上井口。当时外面的光线非常强烈，正是中午，青蛙妈妈很久没有接触光亮了，它的眼睛被刺得很疼，也看不清东西了。就在这个时候，它往井里一跳——"咚"，它又回到了井底。从这么高的地方掉下去，又砸在水面上，青蛙妈妈的背撞伤了，休息了很久才痊愈。至于上面的世界是什么样子，它没有看清，但是它和

dà huǒ dōu qīng chu　　jǐng bìng bú shì zhěng gè shì jiè　　wài
大伙都清楚，井并不是整个世界，外

miàn yīng gāi cái shì　　lài há ma mā ma zhī dao wài miàn shì
面应该才是。癞蛤蟆妈妈知道外面是

shén me yàng zi　　dàn shì dà jiā wèn tā de shí hou　　tā
什么样子，但是大家问它的时候，它

yì zhí bù shuō huà　　dà jiā wèn le jǐ cì　　jué de méi
一直不说话。大家问了几次，觉得没

yǒu yì si jiù bú wèn le
有意思就不问了。

语言描写，说明青蛙对癞蛤蟆的看不起。

　　　　tā zhǎng de yòu féi yòu chǒu　　hái pàng sǐ le　　shēn
"它长得又肥又丑，还胖死了，身

shang yě zhǎng mǎn le qí guài de gē da　　ràng rén kàn zhe
上也长满了奇怪的疙瘩，让人看着

就恶心！"小青蛙说，"它的孩子也是，又丑又怪！"

"是的呢，"癞蛤蟆妈妈听到后回答，"但是这些孩子里面有一只头上有一颗宝石，要是它们头上没有，就在我的头上！"

青蛙们听见后，眼睛睁得大大的，它们对此非常惊讶，但是也更加不满了。它们做个鬼脸，然后跳到水里去了。同时，小癞蛤蟆们听到后觉得非常自豪，都伸直了自己的后腿。它们以为自己的头上真的有宝石，所以它们坐在那里也不动了，过了很久才问自己的母亲，宝石到底是什么东西，为什么青蛙听到后都落荒而逃了。

"它非常值钱，而且非常美丽，"癞蛤蟆妈妈回答，"我没有办法形容它，只要戴上它的人就会非常开心幸福，没有戴上的人就会嫉妒那些戴上的人。别问了，再问我也不会回答的！"

"我没有宝石呢，"最小的癞蛤蟆说，"这种东西实在是不好，会让人们变得嫉妒，不再善良。我只希望能够出去看看，外面的世界一定美丽极了！"

"还是乖乖待着吧，别想着出去！"老癞蛤蟆说，"你应该知道这件事的，那只桶很有可能会压碎你们。即使是你们没有被桶压碎，也有可能摔下来，摔得稀巴烂！可不是每个人都能够和我一样幸运，从那么高的地方掉下来什么事都没有！"

"哇！"小癞蛤蟆说。但是，它还是非常想要出去看看，癞蛤蟆妈妈说的那些都没有阻挡它想要出去看看的决心。第二天早上，水桶被扔了下来，刚好落在小癞蛤蟆旁边。"哇！"它激动地叫着，然后跳了进去。几分钟后，它被一个小伙子提了出来。

"呸！丑死了！"那个小伙子说，"这东西怎么这么丑，真倒霉啊！"说着，他将癞蛤蟆一脚踢开了。癞蛤蟆被踢得打了好几个滚，然后掉进了荨麻丛里面。

它看见阳光照射在荨麻的叶子上面，叶子是绿色的、

微微透明，上面还长了不少的小尖刺。对它而言，这

个世界多么美丽啊！

"这个地方好漂亮，好迷人！"癞蛤蟆喃喃自语，"这

和妈妈说的完全不一样，我真想在这个地方过一辈

子！"它说完以后就不动了，在那里一直蹲着，睁大了

眼睛看着四周新奇的一切。它是在井里出生的，所以

这些美景它完全没有见过呢！两个小时以后，它觉得

自己应该往前面走一点了，于是说："来吧，既然已经

出来了，就走几步，看看外面的世界吧！"说着，它蹦跳

了几下。它几乎用尽了所有的力气，终于来到了泥巴大

路上。太阳照射着它，它感觉温暖极了。风儿带动灰

尘扑到它的身上，它也觉得是一种享受："好舒服啊，

这才是真正的干地！井里又冷又潮湿，哪里是癞蛤蟆

jū zhù de dì fang
居住的地方！”

tā shài le yí huì er tài yáng   jì xù wǎng qián miàn pá   tā lái dào le lù
它晒了一会儿太阳，继续往前面爬。它来到了路

biān de xiǎo gōu páng   zhè li zhǎng mǎn le wù wàng wǒ hé xiù xiàn jú   zhè xiē huā er
边的小沟旁，这里长满了勿忘我和绣线菊，这些花儿

zài yáng guāng de zhào yào xià huān xiào zhe   wēi fēng fú guò tā men de huā duǒ   tā
在阳光的照耀下欢笑着，微风拂过它们的花朵，它

men jiù yáo tóu huàng nǎo de tiào qǐ wǔ lái   huā er de páng biān hái yǒu yì xiē shān
们就摇头晃脑地跳起舞来。花儿的旁边还有一些山

zhā shù jiē chéng de ǎi lí ba   zhè li de jǐng zhì yòu měi lì yòu duō zī   páng biān
楂树结成的矮篱笆。这里的景致又美丽又多姿，旁边

还有一些蝴蝶在飞舞呢！癞蛤蟆根本
没有看过这种风景，它感觉自己的心
跳都快要停止了，现在，它简直有些后
悔，为什么之前不早点跑出来看看！

"那朵飞舞的花儿真漂亮啊！"
小癞蛤蟆感叹着，它还以为蝴蝶是一
朵飞舞的花儿，"呱！外面的世界太
美了！"

它就在这条小沟里面暂时住了下
来。白天看花朵和蝴蝶，晚上就看星
星和月亮，这一切都是暗无天日的井底
无法对比的！它住了九天，感觉幸福极
了。等到第十天的时候，它不想继续
待下去了："我得继续往前面走，说
不定前面的景色更加漂亮迷人！

说明癞蛤
蟆不满足于现
状，要一直向
前。

也许还有可能碰到一只小的癞蛤蟆或者青蛙，那样我们就能交流了！"说着，它开始往前爬起来。

它慢吞吞地往前爬着，最后来到了一个大池塘。这个池塘的四周都长着灯芯草，池塘里面还有一些东西在游动，不过，它看不清楚。它钻进池塘，结果看到了自己的亲戚——青蛙。

"哦，欢迎你的光临！"青蛙说，"这里对你而言或许有些潮湿，不过，这里还是很美丽的！你是一位男士还是女士呢？不过无所谓，我们全体成员都欢迎你！"

说着，水里冒出了好几个脑袋，那些都是青蛙。它们还"呱呱"的向小癞蛤蟆问好。

小癞蛤蟆住了下来，等到晚上的时候，青蛙们邀请它参加音乐晚会。晚会上，大家都很开心，不过声音却不大。癞蛤蟆看着这一群自娱自乐（自己找乐子，自

己想办法让自己开心）的青蛙，感觉还不够，还需要继续往前走。第二天天一亮，它就和青蛙们告别了。

"我一定还在井里，这是一个非常大的井，我必须得一直往前走，走到井的边缘，然后爬出去！"癞蛤蟆自言自语地说着，继续坚定地往前面爬。随着它前进的步伐，太阳也慢慢升了起来，阳光直射这片

大地，让它身上也暖融融的。

等到天黑了，月亮升了起来，这只可怜又可爱的小生灵想着："那不会是一只桶吧？要是它被放了下来，井里的青蛙、蛤蟆、池塘里的青蛙全部都不够它装啊！我得爬上去，它多么亮啊，多么美丽啊！"

小癞蛤蟆眨了眨自己的眼睛，看到月亮旁边的星星又陷入了沉思："我的头好亮啊，不过，我相信要是头上有宝石会更加亮的！不过，我没有宝石呢，我也不想要宝石，我才不要别人嫉妒我呢！我有些害怕，但是，我必须得继续往前面走！"

想着想着，癞蛤蟆又开始往前面走了，它慢吞吞地爬着，最后来到了人类居住的地方。它来到了旁边的菜园子里面，然后坐在一棵菜旁边休息。虽然它只爬了一点儿距离，但是也累得够呛！

"这个世界有好多我不认识的东西啊，这里也非

常大，一点儿也不拥挤，我得继续看看，不能只坐在这里，不然就白出来了！"癞蛤蟆自言自语地说着，继续往旁边挪动，"好美丽的绿色！好清新的空气！我愿意在这外面永远住下去！"

"我当然知道这叶子很绿，"旁边叶子上的毛毛虫说，"我居住的这片叶子是最大的，它可以遮住半个世

界！不过，另外半个世界对我而言没有任何好处，所以，我不需要了解！"

"咯咯！咯咯！"远处传来了这样的声音，然后几只母鸡走进了菜园子。它们摇摇晃晃地走着，不时看一看菜叶，它们走到了癞蛤蟆旁边，停了下来。其中一只看到了毛毛虫，它啄了一下毛毛虫。毛毛虫叫了一声掉了下来，其实它叫不叫都一样，声音太小了，没有人听得见。毛毛虫落到了地上，摔得很痛，它扭成一团，借此缓解痛苦感。母鸡看了看这个扭成一团的生物，有些搞不懂它要干什么。想了想，它歪了一下脑袋，又换了一只眼睛凑近了看。

"它绝对没有安好心！"母鸡说，"看那爬虫！它一定有什么坏主意，我才不稀罕那口吃食！它很有可能会让我嗓子痒！"说着，它离开了，旁边那些母鸡也认同它的话，跟着它一起离开了缩成一

tuán xià de yào sǐ de pá chóng
团吓得要死的爬虫。

"哦，上帝，我扭成一团居然逃脱了！"毛毛虫

说，"看来我这件事做得很好，不过，最困难的事情

来了，我怎么回到叶子上面呢？它那么高！"

癞蛤蟆也爬了过来，它表示愿意帮助小毛毛虫。

不过，毛毛虫可不领情："你是什么意思啊？我得

回我自己的地盘待着，我能够自己回去！我还要爬

得更高，我已经闻到菜叶的香味儿了！"

"没错！爬得更高！"癞蛤蟆开心地想着，"看来

它和我一样呢，都希望能够向前！不过，看起来它

的心情可不好，大概是被吓着了吧！它们也住得很

高，都在菜叶子的尖端部位了！"

在农舍里面还住着两个年轻人。他们一个是诗

人，还有一个是研究科学的大学生。

"你看，那里有一个非常完整的蛤蟆标本！它长

得可真丑！"研究科学那位说，"我要把它泡在酒精里面，它丑得有些可爱了！"

"你已经有两个了，还泡来做什么？"诗人说，"你就让它安安静静地待着，享受这些阳光和微风吧！"

"可是它丑得有些可爱啊！"研究科学的人说。

"确实，看着还有一点可爱呢！"诗人说，"那么，我

们将它剖开吧，说不定里面有宝石呢！"

"宝石？"另外一个说，"你说得可真幽默。"

"可是，民间一直流传着一种说法，最丑的癞蛤蟆，往往在自己的脑袋里面保存着最美丽的宝石。人是不是也是这样的呢？"

癞蛤蟆没有听完，它其实根本不懂他们在说些什么。两个人走开了，它也赶紧溜了，不然，很有可能会被泡在酒精里面。

"我好像听到他们说宝石，"癞蛤蟆喃喃自语，"宝石有那么好吗？还好我没有，不然可有得罪受了！"

这个时候，农舍的屋顶也传来了咕咕的声音，原来是一只鸟爸爸在为自己的家人演讲。它斜着眼高傲地看着那两个年轻人。

"人总是觉得自己很了不起，"鸟爸爸说，"你们听他们都说些什么吧！可是事实呢？他们到了最后连个像

样的嘟嘟声都发不出来！他们只知道卖弄自己的语言，不过，他们的语言确实很好！但是，只要我们出去旅行，他们的语言就不中用了，不同的地方大家讲的语言都不一样。哪里像我们的语言，走到哪儿都是一样的！而且人也没有翅膀，根本就不会飞！他们虽然发明了一种叫做火车的东西，可是他们也经常因此而丧命！世界可以没有人的存在，我们也可以没有他们，不过，我们要青蛙和蚯蚓才行。"

"它演讲得真好！"癞蛤蟆说，"它也站得很高，我从来没有看到谁可以站得那么高！"它看到鸟爸爸飞了起来，忍不住尖叫了："我要去埃及，要是鸟爸爸可以带我一起去就好了！哪怕是它们哪个孩子带我去也行！我真的是很幸运啊，我也感觉很幸福，要是它们带我去了，我会帮工报答它们的！这种感觉，可比宝石珍贵多了！"

lài há ma zhēn de yǒu yì kē bǎo shí　nà jiù shì bù qū xiàngshàng de jīng shen
癞蛤蟆真的有一颗宝石，那就是不屈向上的精神。

zhè kē bǎo shí zài tā de nǎo dai li fàngguāng zài huān lè　lǐ miànshǎn yào　jiē zhe
这颗宝石在它的脑袋里放光，在欢乐里面闪耀。接着，

niǎo bà ba kàn dào le tā　tā fēi le xià lai　jiāngxiǎo lài há ma diāo zhe　rán hòu
鸟爸爸看到了它，它飞了下来，将小癞蛤蟆叼着，然后

wǎng tiān kōng fēi
往天空飞。

xiǎo lài há ma kāi xīn jí le　tā kàn jiàn tài yáng lí tā jìn le yì xiē　tā
小癞蛤蟆开心极了，它看见太阳离它近了一些，它

kàn jiàn zì jǐ lái dào le gāo kōng　tā hái kàn jiàn le nà kǒu shēn jǐng　a
看见自己来到了高空，它还看见了那口深井："啊！"

小癞蛤蟆被咬死了,那它脑袋里面的宝石呢?到哪儿去了呢?

太阳将那颗宝石带走了。你要是去问诗人,他会将自己的事情当成童话讲给你,童话里面还有毛毛虫,最后,毛毛虫变成了漂亮的蝴蝶。而鸟爸爸则带着自己的家人,越过千山万水,飞往遥远温暖的非洲,不过,它们要是想要回来也能找到自己曾经的巢穴。

那小癞蛤蟆脑袋里的宝石呢?被太阳带到哪儿去了?

你可以试着问一问太阳,或许它会告诉你答案。

名师点拨

　　小癞蛤蟆虽然很丑,但是它非常可爱,有着对外界的渴望。于是,它来到了井外,见识到了很多美好的事物。它不停地向前,直到生命的尽头。

茶　壶

名师导读

　　从前有一只骄傲的茶壶，有一天它发生了意外，会是什么事呢？

　　从前，有一只很好看的茶壶，它非常的骄傲。

　　每天它都会做一件事，那就是等到它被清洗干净了，安安静静地摆在桌面上的时候看着自己。它看着自己光滑而洁净的瓷，感觉非常满足，它看着自己长长细细的嘴唇也非常骄傲，它看着自己大大的把

说明茶壶对自己的每一处都非常满意。

手，"啊！多么完美的茶壶啊！"它在心里暗暗感叹。

它看了看自己的前后，然后又扭过头。它的前面是

壶嘴，后面是把手，它觉得自己非常完美，非常精

致，也看不起其他东西。不过，它没有提过一次自己

的盖子，那个精致美丽的盖子，早就打碎了。打碎以

后，又用胶水粘合了起来，虽然可以用，但是那些丑

陋的痕迹让茶壶很不满意。所以，它从来不提自己的

盖子，那是它的缺陷。

在喝茶用的所有的器具里面，比如杯子、奶油罐子、

糖罐子，它们都知道茶壶的缺点，它们也很不满茶

壶那种自大的样子。所以，一旦它们三个聚在一

起，就会谈论茶壶被打碎的盖子，相反，它们却很

少谈论茶壶完美的部位。对此，茶壶非常清楚，但

是它也不说什么。

"我非常了解它们！"茶壶心里想着，"我确实有缺

点，我也知道我的缺点，对此，我没有什么可以否认的！

我可是如此的谦虚，毕竟，大家都有自己的优点和缺点。

比如，杯子只有一个把手，糖罐只有一个盖子，而它

们拥有的这两个东西，我一个人就有了。而且，我还

有它们不曾拥有的东西，壶嘴。凭着这个，我就是茶

桌上面的女王。而糖罐和奶油罐子只能当我的管家，

我是大家的总指挥！我要将幸福分给那些干渴的人，我要滋润他们快要冒烟的嗓子！在我完美的身体里，中国的茶叶开始释放出来香味！"这些话，也是茶壶还年轻的时候常说的。

不过，有一天意外发生了。那天，它站在铺了桌布的桌子上面，好看极了。这个时候，一只嫩嫩的小手将它的盖子揭开。不过，这只手有些笨拙，它没有拿好茶壶，茶壶掉到了地上，纤细的壶嘴跌断了，把手也摔坏了，茶壶盖子也粉碎了，谁也不能将它粘回原来的样子了。茶壶昏了过去，里面的开水也撒了一地。这对它来说，是多么大的一个打击，简直就是从天堂掉入了地狱！最让它伤心的是，所有的器具都在笑它，反而没有谁提那只笨拙的手。

"我一辈子也不会忘记那一天的！"茶壶后来在

回顾自己一生的时候说，"人们都说我是病人，将我扔进了角落里面，那里只有灰尘和黑暗！有一天，来了一个要饭的女人，他们就将我送给她了！然后，我就变成了一个贫民。我非常难过，一句话也说不出来，那些奶油罐子、糖罐子都在哈哈大笑，它们对此非常开心。结果，谁有知道明天会是什么

样子呢？那个贫困的女人将我带了回去，然后给我的身体里面装满土壤。对于一只茶壶而言，装入土等于被埋葬了，我当时心都死掉了！结果，他们又在土里种了一个花根。当时我已经心如死灰（死灰：已冷却的灰烬。原指心境淡漠，毫无情感。现也形容意志消沉，态度冷漠到极点），完全没有留意是谁拿来的花根埋进土里的，现在我还是不知道。把花放进去也可以弥补我失去中国茶叶和水的悲痛了！也算是打碎了我的另外一种补偿！"

"花根躺在泥土里，躺在我的身体里面，它慢慢生根发芽，变成了我的心脏，一颗跳动的鲜活的心脏——这种东西我以前从来没有拥有过。花根的芽儿越长越大，我也能清楚地感觉到它的生机在涌动，那种感觉真美妙啊！然后，它开出了一朵花儿，我也看到了它的模样。芬芳的花儿在我的

身体上方绽放着，我都快要忘记我自己了！为了别的东西而忘掉我自己的存在，这也是一件很难得的事情。花儿并没有感谢我，它可能完全没有意识到我的存在，不过，这都无所谓了。每一次人们路过这里，看到它的时候都会说：'看，好漂亮的花啊！'我仿佛也跟着一起被夸赞了一般。我为花儿而开心，我为它高兴，它应该也能感受到这种幸福和满足，也能开心吧！"

"然后，有一天我听到一个声音说：'这么漂亮的花儿必须用更好的花盆来搭配它才行，这个破破烂烂的东西是什么啊？'于是，我被人们从腰部的位置打碎，那种感觉真是痛的无法呼吸了，虽然我并不会呼吸。人们从我的碎片里面将花儿捡了出去，栽到了一个更美丽更好的花盆里面。"

"我现在在哪儿？我被打碎后就失去所有的利用

价值了，人们将我的碎片丢在了院子的篱笆底下。虽
然我已经残破不堪，但是我的记忆会一直在的，我永
远不会忘记曾经的一切，也永远不会死去。"

名师点拨

　　茶壶原本觉得自己非常漂亮，但是一场意外让
它变得不完整了，还被送给了一个要饭的女人，之
后又被种上了花根。其实，每个人都是有缺点的，
我们要正视。

在小宝宝的房间里

小安娜和干爸爸留在家里，而其他的兄弟姐妹都去看戏了，小安娜会在家里做些什么呢？

bà ba　　mā ma hái yǒu xiōng dì　jiě mèi dōu qù kàn
爸爸、妈妈还有兄弟姐妹都去看

xì le　　liú xià le xiǎo ān nà hé gān bà ba zài jiā li
戏了，留下了了小安娜和干爸爸在家里。

xiǎo ān nà yǒu xiē bù kāi xīn　　yīn wèi tā　yě xiǎng yào qù
小安娜有些不开心，因为她也想要去

kàn xì　　dàn shì bèi jù jué le
看戏，但是被拒绝了。

wǒ men yě lái kàn xì ba　　xiǎo ān nà　　　gān
"我们也来看戏吧，小安娜！"干

bà ba jī dòng de duì xiǎo ān nà shuō　　ér qiě bú yòng
爸爸激动地对小安娜说，"而且不用

děng dài　　mǎ shàng jiù kāi shǐ yǎn
等待，马上就开始演！"

kě shì　　wǒ men méi yǒu wǔ tái a　　　xiǎo ān
"可是，我们没有舞台啊，"小安

语言描写，说明小安娜的嫌弃，与后文形成对比。

娜有些疑惑地说，"也没有人来演啊，我的老木偶也不可以演，它太讨厌了，又老又丑。我的新木偶也不能拿来玩，它的新衣服会被弄脏的！"

"现在我们来搭建一个小的舞台吧！"干爸爸说，"只要我们想要演戏，就可以演戏！不用你的老木偶和新木偶！"

然后，他将烟斗头和单手套当成女儿和父亲。

"只有两个人，太少了，"小安娜说，"我哥哥的旧马甲在这里，也当一个吧！"

"可以啊，"干爸爸说，"让他当恋人吧！"

"还差一个，就拿靴子当靴子先生吧！这样就凑够四个人了！"干爸爸补充道。

"演家庭剧！"小安娜说，"可以多给我演几场吗？我想看。"

"好的，现在开始了！你想看多少场看多少场，看到天黑也没有问题！"干爸爸说着，拿出一张报纸装模作样(样：模样、姿态。指故意做作，故做姿态)地念起来："烟斗先生是父亲，马甲先生是恋人，手套小姐是女儿，靴子先生是求婚者。"

他念完以后，拿着烟斗开始一本正经(原指一部合乎道德规范的经典。后用以形容态度庄重严肃，郑

135
PAGE

重其事。有时含讽刺意味）地说："现在，开幕了。'我是这个家里的主人！我说什么是什么，你必须嫁给靴子先生！'"

"小安娜，现在马甲说话了，"干爸爸接着说。"'我是真丝做的，品质高尚！人们应该更加追求品质才行，而不是其他东西。''你只要被水沾上那么一点儿就会褪色，只有靴子不会褪色！'靴子先生说。"

干爸爸将手里的靴子放下，拿起来手套，说："这个时候，手套小姐说：'我没有配偶，只能天天在家守着，唉……再这样下去，我都要裂开了。'然后，马甲先生听到后就向手套小姐求婚了，手套小姐同意了，它也喜欢品质高尚的真丝马甲。"

小安娜目不转睛（眼珠子一动不动地盯着看。形容注意力集中）地看着干爸爸表演，红扑扑的小脸上

xiě mǎn le rèn zhēn kàn shàng qu fēi cháng kě ài
写满了认真，看上去非常可爱。

gān bà ba jiāng shǒu tào xiǎo jie fàng xià qu jiāng xuē zi ná qǐ lai shuō
干爸爸将手套小姐放下去，将靴子拿起来说：

jié guǒ xuē zi xiān sheng yě zǒu le guò lai tā xiàng shǒu tào xiǎo jie qiú hūn shǒu
"结果靴子先生也走了过来，他向手套小姐求婚，手

tào xiǎo jie jù jué le xuē zi xiān sheng fēi cháng shēng qì tā méi yǒu shuō huà
套小姐拒绝了。靴子先生非常生气，他没有说话，

zhuǎn shēn lí kāi le zài tā lí kāi de shí hou tā kàn jiàn páng biān yǒu jǐ gè
转身离开了。在他离开的时候，他看见旁边有几个

bèi jǐng suǒ yǐ jiāng páng biān hǎo jǐ gè bèi jǐng dōu tī fān le gān bà ba shuō
背景，所以将旁边好几个背景都踢翻了。"干爸爸说

着，手拿着靴子，将刚刚摆好的道具推翻几个。

"真好玩！"小安娜说，然后有些开心地鼓了鼓掌。

"别出声，小安娜！"干爸爸说着，继续往下表演。

"然后，烟斗爸爸站出来反对，他一直觉得手套小姐应该嫁给皮质的靴子先生，而不是马甲先生，他说：'我不同意你们结婚！我是这个家的主人，我反对你们的婚姻！'"

干爸爸说着，将烟斗拿了出来，还在他们用书本搭建的舞台上面磕了两下，装作生气跺脚的样子。

紧接着，干爸爸一边将往马甲的口袋里面放，一边说："马甲先生冲了过去，将烟斗爸爸放进了自己的衣服袋子里面，它说：'除非你答应让你的女儿嫁给

我，不然，你就在我的口袋里面呆一辈子吧！我不会
将你放出来的！'烟斗爸爸害怕了，他同意将手套小
姐嫁给马甲先生。"干爸爸说着，一边将烟斗从马甲
的袋子里面取出来。

"完了吗？"小安娜问，"这有些短。"

"不，还没有完呢！不过，靴子先生的戏份确实
完了。"干爸爸说着，将手套和马甲一起放到一边
说，"现在，两位新人，跪在地上结婚吧！"于是，
干爸爸将手里的手套和马甲都同时往地上折，做
出磕头的样子。

"让我们来鼓掌吧！"干爸爸说，"他们会幸
福地生活在一起的！因为，他们都是桃花心木做
的呀！"

"我们的戏和做的舞台上面的戏剧一模一样吗？"
小安娜一边开心地鼓掌一边问。

chà bu duō le　　tā men de gèng hǎo　　gān bà ba shuō　　kě shì tā yào huā
"差不多了，他们的更好，"干爸爸说，"可是它要花

qián a　　nǎ lǐ xiàng wǒ men zhè ge　　yòu bú yòng huā qián　　hái kě yǐ xiāo mó yí duàn
钱啊，哪里像我们这个，又不用花钱，还可以消磨一段

shí guāng
时光。"

名师点拨

　　人们常说，生活中不是缺少美，而是缺少发现
美的眼睛，其实快乐也是这样。只要我们想要快乐，
就会发现，快乐就在我们身边。

赛跑者

名师导读

今天是赛跑比赛的颁奖日！动物们、植物们都纷纷跑来看热闹，还发表了各自的意见！到底谁得到了头等奖呢？

sēn lín wáng guó li yì nián yí dù de sài pǎo bǐ sài chéng jì jīn tiān zhōng yú jiē
森林王国里一年一度的赛跑比赛成绩今天终于揭

xiǎo le gòng yǒu liǎng míng yōu shèng
晓(泛指把事情的结果公开出来)了，共有两名优胜

zhě tuō yǐng ér chū fēn bié huò dé dì yī míng hé dì èr míng suī rán zhè ge jiǎng
者脱颖而出，分别获得第一名和第二名。虽然这个奖

xiàng shì bān fā gěi pǎo bù zuì kuài de qián liǎng míng kě shì zhè ge bú shì zhǐ yí cì
项是颁发给跑步最快的前两名，可是这个不是指一次

bǐ sài zhōng pǎo de zuì kuài de ér shì zhǐ zài yì nián de sài pǎo zhōng suǒ dá dào de
比赛中跑得最快的，而是指在一年的赛跑中所达到的

zuì kuài de sù dù
最快的速度。

wǒ shì dì yī míng yě tù shuō wǒ men yí dìng gōng píng gōng zhèng
"我是第一名！"野兔说。"我们一定公平、公正、

公开，有些人的亲朋好友就在评奖委

员会里。第二名竟然是蜗牛！我觉得

这对于我来说是一种莫大的耻辱！"

"你这种说法有失偏颇（偏向一

方；不公平，不公正）啊！"目睹了整

个发奖过程的篱笆桩说，"很多有威

望的人都曾经说过，比赛不仅要看速

度，还要看热情和恒心，这句话什么意

思，我也很清楚。不错，蜗牛走过门口

就花了半年的时间，而且因为匆忙，

把大腿骨都折断了。他是心无旁骛

（心里没有另外的追求，形容心思集

中，专心致志）地在跑，而且还背负着

自己的房子！这都是值得嘉奖的！所

以他得第二名当之无愧（当得起某种

语言描写，说明蜗牛虽然速度很慢，但是一直在走。

称号或荣誉，无须感到惭愧）！"

　　　　　nǐ men wèi shén me méi yǒu kǎo lù wǒ　　　yàn zi bù fú qì de shuō dào
　　"你们为什么没有考虑我？"燕子不服气地说道。

　　wǒ kě yǐ kěn dìng de shuō　zài fēi xiáng fāng miàn wǒ yǒu tè cháng méi yǒu rén bǐ de
　"我可以肯定地说，在飞翔方面我有特长，没有人比得

guò wǒ　　wǒ qù guò hěn duō dì fang　fēi dào guò hěn yuǎn hěn yuǎn de dì fang
过我。我去过很多地方，飞到过很远很远的地方！"

　　　shì de　méi cuò　zhè gāng hǎo shì nǐ de bú xìng　　lí ba zhuāng shuō
　　"是的，没错，这刚好是你的不幸！"篱笆桩说。

　　nǐ lǎo shì jū wú dìng suǒ
　"你老是居无定所（没有固定居住的地方，形容人漂

143
PAGE

泊不定），天一冷，你就离开了老家，去了外国。你太没有爱国心了，所以你根本不在考虑范围内！"

"可是一整个冬天，我都待在沼泽地哪也没去啊！"燕子为自己伸冤（诉说冤情以求昭雪）道。"如果这段时间我一直都冬眠，你们会不会考虑我呢？"

"假如沼泽女人愿意给你开一纸证明，证明有一半的时间你都在你的祖国安睡，那么你是会被考虑进去的！"

"我应该得到第一名，而不是第二名！"蜗牛说。"我很明白，野兔之所以拼尽全力跑都是因为他害怕。他脑子里一直盘旋着一个思想，只要他停下来，他就会身处于危险之中。相反，我把赛跑当作一项任务来完成，而且在完成这个任务时我还受伤了。假如说谁有资格得到第一名，当然是我。可是我不想借题发挥（借着某件事情为题目来做文章，以表达自己真正的意

见或主张）——这种做法是我所厌恶的。"

于是，他朝外吐了一口唾沫。

"我可以以我的人格担保，所有奖品都不是随随便便定下来的，而是经过仔细考虑的——最起码我的票不是随便投的。"树林的界标——木桩说，他也是评奖委员会的一员。"我对一个问题下结论时，往往会按照顺

序认真思考。我曾经有幸参加过七次评奖工作，可是直到现在，我才能真正践行我的观点。我每次给奖时都会坚持一个固定的原则。决定第一名时，我会从第一个字母往下挨着数；决定第二名时，我会从最后一个字母开始倒数。假如你有留意，你就会发现：从A往后依次数过去第八个字母是H，我们就得到'野兔'这个字，所以我就把我的第一名赞成票投给了野兔。从最后一个字母往回数的第八个字母——我有意忽视了它，因为这个字母的声调太难听了，而难听的字我是不会要的——是S。所以我就把第二名赞成票票投给了蜗牛。以后得第

说明木桩的原则其实是非常可笑的。

一名的应该是I，第二名是R！不管什么事情都要讲
究一个顺序，所有人做事情都应该有个着眼点。"

"如果我不是评奖人中的一个，我肯定会把票投
给我自己！"说话的是骡子，他也是评奖委员会中
的一员。"人们在评选获奖者时，不仅要考虑跑的速
度，还要将其他条件也考虑进去。打比方说：一个人

可以承受多重的重量。可是这一次我不想重点

提出这一点，也不想对野兔在比赛中所表现出来的

机灵进行过多探讨，抑或他为了让行人的视线不集

中在他身上，而跳向另一边，不让人发现他躲在什

么地方的狡猾进行反复钻研。不，还有一点是我们

不能忽视的，那就是所谓的'美'。我非常喜欢凡

事从'美'这一点出发。野兔那一双漂亮而妖娆的

耳朵真是好看极了，它们好长啊！看着它们我的心

情就无限美好！我似乎看到了我自己的小时候。所

以，我才把赞成票投给了他。"

"嗨，小声一点！"苍蝇说，"我从来不想大肆宣

扬（毫无顾忌地大声向别人宣告）什么，我只想说一

件事情。我可以向你们保证，我很多次都跑到野兔前

面去了，前段时间我还压到一只野兔的后腿了呢。当

时我坐在一列火车的车头上——我经常这样做，因

为只有这样，我才能完完全全看到自己跑得有多快。我前面跑着一只小野兔，他肯定不会想到火车头上坐着一个我，最后他跑不过我，只能让到一边了，可是他的后腿却被火车头轧断了。这都是因为我啊，野兔倒了，可是我还在继续朝前跑。这也算是把他打败了吧，可是我并不想得什么第一名！"

"我认为——"野玫瑰说，可是她却不知道该怎么说，因为她一向不擅长过多发表自己的观点，尽管她就算说什么了也没事，"我觉得第一名和第二名都应该颁发给太阳光。他在很短的时间内迅速走完了一条无法测算出来的距离。他直接从太阳出发，向我们走来，而且到来时的力量惊人，整个大自然都为之惊醒过来。他拥有一种独特的美，我们所有的玫瑰都因为他而脸红，还散发出诱人的香气！可是我们敬爱的评委先生们好像根本没注意到这一点。如果我是太阳光，我就让他们都患上日射病。可是这会让他们的思想一片混沌，可是也许他们本身就不清醒。我还是不说了！"野玫瑰想，"可是树林里永远都是祥和的。开花、散发出诱人的香气、歇息、生活在歌声中——这太美了！太阳光可以存活的时间要长过我们所有人。"

"第一名到底会得到什么奖品呢?"蚯蚓问。他睡过头了,刚刚才醒过来。

"是免费到菜园里去!"骡子说,"这是我提议的。野兔理所应当得到这个奖品。作为一个有知识、反应灵活的评奖委员,得充分考虑到得奖人的福利:现在野兔不用为自己的吃穿发愁了。蜗牛可以到石围墙上去享受青苔和阳光,而且被推举成为赛跑头等评判员,在所有委员中,有一个专家总是没有错的。我可以说,对于未来我有很高的期望,现在就是一个好的开始!"

名师点拨

文中对评奖和评奖委员会进行了全面的分析和评价,旨在告诉我们所谓的"奖品"并不是最重要的,最重要的是我们要不被外界所扰,认真做好自己的事,功过是非自然有后人评判。